ROBERT GERNHARDT

Achterbahn

Ein Lesebuch

Insel Verlag

Insel-Bücherei Nr. S2001

Achterbahn

WARUM DAS ALLES?

Respekt, Bewunderung und Liebe –
sie soll mein Dichten mir erringen:

Respekt für meinen Rigorismus,
von niemandem als mir zu singen,

Bewunderung für meine Kühnheit,
mein Thema direkt anzuspringen,

und Liebe dafür, daß mir Sätze
so leicht und inspiriert gelingen,

daß jeder staunt: Der bringt es aber!
Und wie er's schafft, sich einzubringen!

DIE WEISHEITSLEHREN DES LAO-TSCHI

Aus dem Buch der Wandlungen I

»Seht diesen Baum«, sagte Lao-tschi einst seinen Schülern unter einer Yunga-Eiche, in deren Schatten sie nach anstrengender Wanderung um die Mittagszeit ausruhten. »Mannsdick der Stamm, sieben Kulis könnten ihn nicht umfassen, stark wie die Arme der Arbeiter von Sezuan die Äste, nicht zu zählen das Blattwerk. Und doch war er einst eine winzige Eichel, ein unscheinbarer Keim. Was lernen wir daraus?«
Die Jünger, die bereits die Augen geschlossen hatten, öffneten sie wieder für einen Moment.
»Geschenkt, Meister, geschenkt!« riefen sie und »Schon gut«.
Seufzend blickte der Lehrer um sich, und als er alle schlafen sah, folgte er mißmutig ihrem Beispiel.

Aus dem Buch der Wandlungen II

Eines Abends kam ein Jünger zu Lao-tschi und sagte mit erregter Stimme: »Meister, du erzähltest doch einst die Parabel von der Kirsche und dem Spatzen.«
Lao-tschi schaute auf und sagte: »So, tat ich das?«
»Ja«, sagte der Schüler. »Du erzähltest, daß ein Spatz eine Kirsche sah und Appetit nach ihr verspürte und sie verschlang. Da sie aber zu groß für ihn war, erstickte er an ihr. So geht es jedem, der allzu habgierig ist, sagtest du.«
»Sagte ich das?« fragte Lao-tschi. »Dann wird es wohl stimmen.«

»Nein, es stimmt ganz und gar nicht!« schrie der Schüler. »Ich habe daraufhin die Spatzen beobachtet. Sie denken nicht daran, Kirschen zu verschlucken. Sie picken langsam an den Früchten herum, bis sie genug haben.«
»So?« sagte der Meister glücklich. »Da sagt man immer, die Spatzen hätten nur ein kleines Hirn. Und trotzdem haben sie auf meine Worte gehört und sich gebessert. Was lernen wir daraus?«
»Daß deine Parabeln hinten und vorne nicht stimmen«, brüllte der Schüler.
»Das auch«, entgegnete der Meister. »Aber ich wollte eigentlich noch etwas anderes sagen. Wie war das gleich? Na, es tut nichts zur Sache.«
Und er vertiefte sich wieder in das Buch der 88 Sprüche, während sein Schüler in eine Dunkelheit hinauswankte, die für ihn auch durch den milden Vollmond nicht heller wurde.

Aus dem Buch der Wandlungen III

Lao-tschi pries einst das Wasser.
»Ich wüßte wirklich nicht, was ihm gleichkäme«, sagte er. »Der Wein? Nein, der ist von anderem Geschmack und berauscht. Das Gras? Nein, es ist grün und oben spitz. Der Stein etwa? Nein, der ist rund, und man kann ihn wegwerfen. Der wilde Büffel? Nein, er rennt ziellos hin und her und kann mit dem Schwanze wedeln.« Hierauf schwieg Lao-tschi eine Weile, dann fuhr er erschöpft fort:
»Ich könnte euch noch andere Beispiele nennen. Doch vielleicht glaubt ihr mir auch so, daß ich wirklich nicht weiß, was dem Wasser gleichkäme?«

»Aber ja!« riefen die Schüler, die nicht im mindesten daran gezweifelt hatten, »Aber ja! Und nun ruhe wieder ein wenig, Meister!«

DAS GLEICHNIS

Wie wenn da einer, und er hielte
ein frühgereiftes Kind, das schielte,
hoch in den Himmel und er bäte:
»Du hörst jetzt auf den Namen Käthe!« –
Wär' dieser nicht dem Elch vergleichbar,
der tief im Sumpf und unerreichbar
nach Wurzeln, Halmen, Stauden sucht
und dabei stumm den Tag verflucht,
an dem er dieser Erde Licht ...
Nein? Nicht vergleichbar? Na, dann nicht!

GEBET

Lieber Gott, nimm es hin,
daß ich was Besond’res bin.
Und gib ruhig einmal zu,
daß ich klüger bin als du.
Preise künftig meinen Namen,
denn sonst setzt es etwas. Amen.

KLEINES LIED

Bin ich auch arm
Bin ich doch dumm
Bin ich auch schief
Bin ich doch krumm
Bin ich auch blind
Bin ich doch taub
Bin ich auch Fleisch
Werd' ich doch Staub.

VERTRETER-ELEND

Der Mantelpavian, der hat
seine ganzen Weiber satt.

Und was trägt schuld
an dem Gegrantel?

Nicht eine

hilft ihm

in den

Mantel.

LEHRMEISTERIN NATUR

Vom Efeu können wir viel lernen:
er ist sehr grün und läuft spitz aus.
Er rankt rasch, und er ist vom Haus,
an dem er wächst, schwer zu entfernen.

Was uns der Efeu lehrt? Ich will es so umschreiben:
Das Grünsein lehrt er uns. Das rasche Ranken.
Den spitzen Auslauf und, um den Gedanken
noch abzurunden: auch das Haftenbleiben.

VOM LIEBEN GOTT, DER ÜBER DIE ERDE WANDELTE

Es begab sich einmal, als der liebe Gott wieder über die Erde wandelte, daß es dunkel wurde und er am Hause des reichen Mannes anklopfte und um ein Nachtlager bat.
Doch der reiche Mann erkannte nicht, wer da vor ihm stand, und so antwortete er: »Tritt herein, unbekannter Fremder, das ist wohlgetan, daß du bei mir anklopfst. Gleich werde ich dir das schönste Bett im ganzen Haus herrichten lassen, darf ich dich in der Zwischenzeit mit feinem Backwerk und köstlichen Weinen bewirten?«
Da gab sich der liebe Gott zu erkennen und sprach erfreut:
»Dein Angebot ist sehr freundlich, reicher Mann. Die letzten Male, da ich über die Erde wandelte, mußte ich nämlich immer beim armen Mann absteigen. Und da hat es mir, ehrlich gestanden, gar nicht gefallen, bei dem war alles – unter uns gesagt – doch erschreckend ärmlich.«
Nach diesen Worten aber schmausten und tranken die beiden nach Herzenslust, und es wurde noch ein richtig netter Abend.

BEKENNTNIS

Ich leide an Versagensangst,
besonders, wenn ich dichte.
Die Angst, die machte mir bereits
manch schönen Reim zuschanden.

DIE WALDFEE UND DER WERBEMANN

Es war einmal ein Werbemann, der hatte seiner Agentur viele Jahre lang nach besten Kräften gedient. Da begab es sich, daß die Agentur den riesigen Etat für ein neues Produkt an Land zog. Dieses Produkt aber hieß »Meyers Pampe«, und das war eine Pampe, die einen echten Produktvorteil besaß, da sie alle anderen Pampen an Klebrigkeit, Sämigkeit und Pampigkeit weit übertraf. Und weil das so war, sollte sie auch mit einem Slogan beworben werden, wie er eingängiger und treffender noch nicht erdacht worden war. Diese Aufgabe nun fiel unserem Werbemann zu, doch wie er sich auch anstrengte, alles, was ihm einfiel, war der Spruch »Meyers Pampe ist die beste«. Diesen Vorschlag hatte er auch beim Kreativdirektor eingereicht, doch wie er des Abends Überstunden machte, da hörte er, wie der Kreativdirektor dem Agenturchef auf dem Flur sagte: »So geht es nicht weiter mit unserem Werbemann. Er ist alt und zahnlos geworden. Das beste ist, wenn wir ihn so bald wie möglich schlachten.«

Da krampfte sich das Herz des Werbemannes zusammen, und er dachte bei sich: »Bevor es soweit kommt, da will ich lieber in die Fremde ziehen.« Und noch in derselben Nacht schnürte er sein Bündel und wanderte zur Stadt hinaus.

Bald gelangte er in einen tiefen Wald, wo er sich ermattet ins Gras sinken ließ. »Ach«, dachte er glücklich, »wie schön ist es doch hier im Wald. Hier will ich mein Leben beschließen. Was brauch ich denn? Wasser gibt's hier im Überfluß, Pilzchen und Würzelchen ebenfalls. Und Ruhe! Wenn ich dagegen an die Hetze in der Agentur denke!« Und unter solchen Gedanken schlief er ein.

Am folgenden Morgen tat er sich zunächst am Quell gütlich, dann verspeiste er einige Wildkirschen, die ihm köstlich mundeten, und schließlich streckte er sich auf der Wiese aus und ließ sich die Sonne recht ordentlich auf den Pelz brennen. Als er so eine Weile gelegen hatte, da sah er einen Hasen über die Wiese hoppeln, und unwillkürlich ging ihm das folgende Verslein durch den Kopf: »Selbst der braune Meister Lampe greift erfreut nach Meyers Pampe.« Das aber ärgerte ihn, und so verscheuchte er jeglichen Gedanken an Meyers Pampe aus dem Kopf und konzentrierte sich auf ein allerliebstes Meisenpaar, das auf dem Ast einer Buche turtelte. Doch auch bei diesem Anblick ging es ihm nicht besser. »Die Meise ruft es vom Geäste: Meyers Pampe ist die beste!« reimte er wider Willen. Das ärgerte ihn noch mehr, und laut rief er aus: »Ach Scheiße, was geht mich denn jetzt noch diese Pampe an!« Doch schon im selben Moment schoß ihm wieder ein Verslein durch den Kopf: »Ach Scheiße, ruft der Werbemann, nichts reicht an Meyers Pampe ran« – und so ging es ihm mit jedem Ding, das er betrachtete und bedachte, bis es ihn nicht länger hielt. »Was habe ich hier im Wald verloren?« dachte er bei sich. »Ein kreatives Talent wie ich gehört nun mal in eine Agentur!« Und er begann so schnell wie möglich in die Stadt zurückzuwandern.

Da geschah es, daß ihm am Waldrand eine Fee begegnete.

»Guten Tag, lieber Werbemann«, sagte die Fee. »Ich weiß, daß du ein unschuldiges Gemüt hast, und deswegen sollst du jetzt drei Wünsche frei ha . . .«

Doch der Werbemann war so in Gedanken versunken, daß er gar nicht auf das hörte, was die Fee sagte, ja, er unterbrach sie sogar und rief ihr zu: »Du tust mir in der Seele weh, weil ich dich ohne Meyers Pampe seh!« Und mit diesen Worten ließ er die verdutzte Fee stehen und eilte in die Agentur zurück, wo er dem Kreativdirektor sogleich stolz seine neuen Slogans unterbreitete.

Diese Vorschläge freilich stießen auf eine derartige Ablehnung seitens der Geschäftsleitung, daß der Werbemann noch am selben Nachmittag geschlachtet wurde.
Die Fee aber nahm sich seine Worte so sehr zu Herzen, daß sie fortan nur noch Meyers Pampe benutzte. Und da sie der erste Versuch sehr zufriedenstellte, benutzt sie sie wohl noch heute.

Gesetzt, ich zöge einen Strich,

der hinten einem Hasen glich'

und dieser Hase schliefe –

ich gäb dem Strich was Grasiges

sehr Zittriges, kaum Hasiges,

das sich im Sand verliefe.

EIN MALERMÄRCHEN

Es war einmal ein alter Maler, der merkte, daß es dem Ende zuging. Da versammelte er seine Familie und seine Freunde um sich, auf daß es ihm leichter falle, zu scheiden. Doch je länger er sein Leben und Werk bedachte, desto sinnloser erschien ihm ersteres und desto wertloser letzteres, und schließlich ergriff ihn eine solche Trauer, daß er seine Erkenntnis nicht länger für sich behalten konnte.

»Nichts ist mir gelungen, nichts«, hub er an.

»Ach, was er wieder redet«, entgegnete darauf seine Gattin unter dem Kopfnicken der anderen. »Alles ist dir gelungen, alles!«

»Nein, nichts«, wiederholte der Maler düster. »Nicht einmal einen einfachen Eierbecher habe ich zu malen vermocht, nicht einmal den!«

»Nun hört euch das an!« rief sein ältester Freund entgeistert. »Dir sollte kein Eierbecher gelungen sein, ausgerechnet dir, dessen ›Stillleben mit Eierbecher‹ heute der Stolz der Staatsgalerie ist?!«

»Nun, der war in der Tat nicht ganz daneben, dieser Eierbecher«, räumte der Maler ein, »der war sogar ganz gut, da ich ihn mit heller Grüner Erde untermalt und dann ganz leicht mit Titanweiß, Ocker und etwas Königsblau dunkel gehöht hatte – aber ach, was bedeutet das schon? Fünfzig Jahre gemalt – und was bleibt? Ein Eierbecher! Als Eierbecher-Maler werde ich weiterleben, und die, die mich so nennen, werden tausendfach recht haben, habe ich es doch nicht einmal geschafft, einen einzigen Ast im Gegenlicht zu gestalten.«

»Ja, ist denn das zum Anhören!« stöhnte da der Sohn des Malers voller Schmerz auf. »Wie kannst du nur so etwas behaupten,

du, dessen ›Baumgruppe im Gegenlicht‹ der unbestrittene Mittelpunkt aller Gegenlichtausstellungen war und ist?«
»Ach ja, die Baumgruppe«, erinnerte sich der Maler. »Doch, die hatte was. Aber da hatte ich auch einen Abendhimmel unterlegt, auf dem es sich fast von selbst malte, mit dem spitzesten Pinsel gab ich das Blattwerk, Krapplack und Casslerbraun gemischt, erst dann setzte ich die Lichter mit fast unvermischtem Neapelgelb hell und einer Spur Laubgrün. Aber sonst? Mißraten, alles mißraten! Mißraten selbst die einfachsten Sujets, mißraten sogar der Versuch, einen Krug im Eck zu malen!«
»Der und mißraten?!« heulte da der Neffe auf. »Dein ›Krug im Eck‹, der heute in keinem Werk fehlt, das auch nur den geringsten Bezug hat zum Thema Krug, Eck oder Innenräume überhaupt? Hörte man denn je eine unsinnigere Rede?«
»Ach der!« sagte der Maler versöhnlich. »Ja, dieser Krug war nicht übel. Alles in kalten Farben gehalten, und nur etwas warme Terra Pozzuoli in den helleren Partien des Kruges – doch, doch, das funktionierte. Aber was ist das alles schon? Gegen irgendeinen Velazquez beispielsweise?! Habe ich jemals ›Las Meninas‹ gemalt? Oder ›Die Übergabe von Breda‹? Oder auch nur einen ›Philipp der Vierte‹?«
Die um sein Bett Versammelten schwiegen betroffen. Dann endlich räusperte sich ein ergrauter Vetter und begann: »Nun ja, einen ›Philipp der Vierte‹ hast du freilich nicht –« doch er kam nicht dazu, den Satz zu Ende zu führen, denn auf einmal saß der Maler senkrecht im Bett und schrie: »Das weiß ich selber, daß ich keinen ›Philipp der Vierte‹ gemalt habe! Darüber brauchst du mich nicht zu belehren! Wie hätte ich den denn auch malen sollen? Ist doch schon längst über den Jordan, der Herr! Und hört endlich damit auf, mir dauernd den Velazquez vorzuhalten! Velazquez, Velazquez,

Velazquez! Was hat denn der schon groß gemalt? ›Philipp der Vierte‹, ›Die Übergabe von Breda‹, ›Las Meninas‹ – so doll ist diese ganze spanische Mischpoke ja nun auch wieder nicht! Und wenn er die nicht vor dem Pinsel hatte, dann war er ganz schön verratzt, euer Velazquez. Oder gibt es von ihm einen ›Krug im Eck‹, eine ›Baumgruppe im Gegenlicht‹ oder auch nur ein ›Stilleben mit Eierbecher‹? Ha! Da könnt ihr lange suchen! Gibt's im Velazquez-Œuvre nämlich nicht, ihr Caballero-Anbeter! Gibt es allerdings im selbst seiner Familie offensichtlich weitgehend unbekannten Œuvre eines anderen Malers – sein Name tut nichts zur Sache –, doch warum euch mit bescheidenen, wenn auch gut gemalten Sujets langweilen, da ihr offensichtlich nur Augen habt für die vordergründige Pracht pseudo-opulenter Hofmalereien?!«
Mit diesen Worten aber schlug der Maler die Bettdecke zurück, sprang aus dem Bett und rief, indes er wütend auf den Boden stampfte: »Hinaus! Alle hinaus! Geht doch zu eurem Velazquez, geht nur, aber habt wenigstens so viel Anstand im hispanophilen Leib, einen Sterbenden, der nebenbei bemerkt ebenfalls Maler ist, wenigstens in seiner letzten Stunde mit eurer Velazquez-Anbetung zu verschonen. Hinaus!«
Erschreckt wichen Freunde und Familie, der Maler aber, da er ohnedies aufgestanden war, schaute in der Küche nach etwas Trinkbarem und begann, da er auf dem Rückweg zufällig an seiner Staffelei vorbeikam, rasch noch einen etwas verrutschten Reflex zu korrigieren, der ihn auf seinem letzten Bild ›Zwei Schälchen‹ schon immer gestört hatte. Nach einer Stunde war er derart gut in Fahrt, daß er gleich noch ein neues Bild begann, und so malte und malte er, und da er sicher nicht gestorben ist, weil Malen und Sterben einander ausschließen – entweder das eine oder das andere –, malt er wohl noch heute.

VOM KINDLEIN, DAS EIN HOCHHAUS BETRAT

Ein Kindlein betrat einst ein Hochhaus.
Da fuhr es mit dem Fahrstuhl in das zehnte Stockwerk. Dort sah es einen Direktor sitzen, der hatte feuerrotes Haar. Da faßte es sich ein Herz, trat auf den Direktor zu und haute ihn mit aller Kraft auf die Nase.
Dann fuhr es noch zehn Stockwerke höher. Da sah es einen Generaldirektor sitzen, der hatte einen spinatgrünen Bart. Da dachte es bei sich »Bangemachen gilt nicht«, trat vor ihn hin und biß ihn ins Schienbein.
Dann fuhr es abermals zehn Stockwerke höher. Da sah es den lieben Gott sitzen, der hatte Augen so groß wie Wagenräder, die waren schwefelgelb. Da nahm es all seinen Mut zusammen, trat vor ihn hin und fragte: »Hauen oder beißen?« »Wie bitte?« fragte der liebe Gott.
Da haute das Kind ihn in den Bauch und biß ihm überdies noch ins Ohr.
Von diesem Kindlein, scheint mir, können wir alle noch eine Menge lernen.

»Panthergleich hechtete sich der Tiger auf das Warzenschwein, um sich im nächsten Moment wieder wieselflink einzuigeln« – Sätze wie dieser, den wir dem Buch »Shingar, der aalglatte Tiger« von Erwin Tagore entnahmen, sind leider keine Seltenheit.

»Bildhafte Vergleiche sind wie das Salz der Sprache«, erkannte Bruder Grimm einmal ganz richtig. Doch man sollte sich davor hüten, die Sprache – die darin der Suppe gleicht – allzusehr zu salzen.

Einen Tiger mit einem Panther zu vergleichen, ist unstatthaft. Nicht umsonst hat der Panther Flecken und der Tiger Streifen – man vergleicht ja auch nicht einen Streifenpolizisten mit einem Fleckenmittel.

»Tigergleich hechtete sich der Tiger« – das wäre nicht nur stimmiger, sondern auch anschaulicher. Bei diesem Bild weiß man sogleich, was gemeint ist. Und das ist schließlich auch der Sinn des Vergleichs. Ob wir uns diese einfache Faustregel nicht alle – so wie wir hier sitzen – faustdick hinter die Ohren schreiben sollten?

... auf Sand gebaut?
Antwort: Dieser Begriff stammt wie so viele bildhafte Wendungen aus einer Fachsprache, in diesem Fall aus der Sprache der Funktechniker. Wenn jemand unanständige Tatbestände aufnehmen ließ, so bezeichneten die Radiotechniker dies mit dem terminus technicus »Da wird ja wieder ganz schön was auf Band gesaut!« Durch einen Hörfehler wurde dann daraus die oben erwähnte, in dieser Form natürlich ganz unverständliche Wendung.

... die Zeche prellen?
Antwort: Keine Ahnung. Vielleicht aus der Bergarbeitersprache? Aber da wir gerade bei der Bergarbeitersprache sind: Auch die Seemannssprache hat es in sich. Während sie zum Beispiel die linke und die rechte Seite eines Schiffes als Backbord und Steuerbord bezeichnet, verfährt sie bei Städten seltsam unlogisch. Da heißt es nicht etwa Bagdad und Steuerdad, sondern Bagdad und Trinidad. Wieso eigentlich? Herr Kapitän?

AUS EINEM INDIANERROMAN

„Lang lebe unser ruhmreicher Häuptling ‚Schamiger Hirsch'!" riefen die Indianer ein ums andre Mal.

ENDE GUT, ALLES GUT

Aus gegebenem Anlaß möchten wir die vier schönsten Romanschlüsse aus dem deutschen Sprachraum vorstellen. Wir haben sie nach den Kriterien »Sprachliche Durchformung«, »Gedankliche Gestaltung« und »Plot« ausgesucht, ein Einspruch gegen unseren Entscheid ist zwecklos.

Auf einen guten vierten Platz brachte es Franz Kafka, der seinen Roman »Der Prozeß« folgendermaßen enden läßt:

»›Hiermit verkünde ich das Urteil gegen Josef K.‹, sprach der Gerichtspräsident. ›Er ist in allen Punkten der Anklage freigesprochen. Die Kosten des Verfahrens trägt die Gerichtskasse.‹ Ein Raunen ging durch die Menge, als erste hatte sich Liesel gefaßt. ›Josef‹, flüsterte sie, ›da können wir ja bald ...‹ ›Hochzeitmachen‹, ergänzte Josef laut, und aufrecht schritten die beiden durch die Menschenmenge in die Freiheit.«

Nicht immer freilich enden Romane so glimpflich. Unser dritter Platz, der Schluß von Thomas Manns Werk »Tod in Venedig« spielt mehr ins Düstere. Aber gekonnt!

»›Nun, die Lösung des Falles ist einfach‹, sagte Kommissar Marinelli und musterte die Anwesenden durchdringend. ›Der einzige, der ein Interesse an dem Tode Gustav von Achenbachs haben konnte, ist seine Ehefrau Erna von Achenbach. Sie wollte frei sein. Und sie war es auch, die die vergifteten Erdbeeren ...‹ Ein Schuß unterbrach seine Ausführungen. Erna von Achenbach hatte sich selbst gerichtet.

›Madonna mia‹, flüsterte Kommissar Marinelli. Und das war mal wieder echt italienisch.«

Rund und straff endet auch Heinrich Bölls Roman »Billard um

halbzehn«. Er erkämpfte den zweiten Platz knapp, aber verdient.
»Die Billardspieler schauten ärgerlich auf, als sich der Wirt räusperte. ›Schluß jetzt‹, meinte er. ›Tut mir leid, aber ich brauche den Tisch. Für elf haben sich der Papst und seine Familie zum Essen angesagt ...‹
Brummelnd zogen die Billardspieler ab, sich fest vornehmend, das nächste Mal etwas früher, so um halbneun rum zu beginnen.«
Das Rennen aber machte einmal mehr Johann Wolfgang von Goethe, der im Schluß seines Romans »Die Wahlverwandtschaften« so ziemlich alles verbraten hat, was das Thema hergab.
»›Wittu mein Onkel sein?‹ fragte Mignon den Harfner. Der nickte. ›Dann nehme ich dich zur Tante‹, jauchzte Wilhelm Ulrike zu. Da trat der Fronvogt an sie heran. ›Ich sei, gewährt mir die Bitte, in eurem Bunde der Fünfte – vielleicht als Stiefvater?‹ ›Abgemacht!‹ schrien alle wie aus einem Munde. Und dann endlich wurden die Geschenke ausgepackt.«

PARIS OJAJA

Oja! Auch ich war in Parih
Oja! Ich sah den Luver
Oja! Ich hörte an der Sehn
die Wifdegohle-Rufer

Oja! Ich kenn' die Tüllerien
Oja! Das Schöhdepohme
Oja! Ich ging von Notterdam
a pjeh zum Plahs Wangdohme

Oja! Ich war in Sackerköhr
Oja! Auf dem Mongmatter
Oja! Ich traf am Mongpahnass
den Dichter Schang Poll Satter

Oja! Ich kenne mein Parih.
Mäh wih!

Von den Gästen

Was einer ist, was einer war,
beim Scheiden wird es offenbar.

Ruft er »Auf Nimmerwiedersehn«,
dann laß ihn frohen Herzens gehn.

Sagt er: »Lebt wohl, so leid mir's tut«,
dann seid mal lieber auf der Hut.

Tut er nur »Tschau, bis dann dann« brommen,
dann will das Arschloch wiederkommen.

Von der Ruhe

Du bist so fahrig und wärst gerne
ganz ruhig, guter Freund? Dann lerne:

Den Bereich der Dunkelheiten
immer heiter zu durchschreiten,

Das Erinnern, das Vergessen
stets zufrieden zu durchmessen,

Dich, sowie das Ich des Andern
muntern Sinnes zu durchwandern –:

Und du strahlst ne Ruhe aus,
die zieht dir die Schuhe aus.

Vom Leben

Dein Leben ist dir nur geliehn –
du sollst nicht daraus Vorteil ziehn.

Du sollst es ganz dem Andren weihn –
und der kannst nicht du selber sein.

Der Andre, das bin ich, mein Lieber –
nu komm schon mit den Kohlen rüber.

EIN VATER SPRICHT

Immer wenn ich Hause komm,
dreht es mir den Magen um.
Lieselott ist müdelein,
will jedoch nicht Betti gehn.
Peterle ist ogilafen,
muß ganz nötig lingelang.
Franzmann schreit, sein Hoppedie
habe hoppeheiter macht.
Grausend wend ich mich zur Kneipe,
ata ata, tinki tinki.

Ein Buch, das nicht gut geht

LILITH

Mit absonderlichen Bändern
gürtet sich die gertenschlanke,
leider leicht laszive Lilith,
geht sie abends aus zum Tanze.
Hier ein Bändchen um das Hälschen,
reich besetzt mit blauen Klunkern,
dort ein Bändchen um die Schultern,
golddurchwirkt, doch seltsam schäbig.
Ganz zu schweigen von den Bändern,
Stricken gleich, die um die Lenden
sie sich seemannsartig knotet
zu verschlungensten Gebilden.

Morgens dann sieht sie den Liebsten,
der nach Hause sie begleitet,
neben sich im Bett verzweifeln
beim Entwirren all der Schlaufen.
Sieht es und entschlummert lächelnd,
während er, den Schlaf bekämpfend,
heftiger an Enden ziehend,
emsiger die Stricke lösend,
tiefer sich darin verstrickend,
immer fahriger entknotet,
bis auch er, nun selbst gefesselt,
im Gewirr der Bänder einschläft,

ein Prometheus ohne Geier.

VATER UND SOHN I

»Wie heißt du denn, mein blauäugiges Kind?
Wie heißt du denn, mein Liebling so jung?«
»Ich heiße glaub' ich Havemeyer.
Ja, ich heiße Havemeyer, glaub' ich.«

»Und heißest du Glaubich Havemeyer,
dann bist du mein Sohn, mein Liebling so jung.
Denn auch ich heiße, freu dich, Havemeyer,
Ja, ich heiße Havemeyer, freu dich.«

»Und heißest du Freudich Havemeyer,
so bist du nicht mein Vater, du Sack.
Mein Vater hieß nämlich Friedrich, nicht Freudich,
und ich bin sein Sohn Kurt.«

VATER UND SOHN II

»Was möchtest du sein, wenn du groß bist?
Was möchtest du sein, wenn du groß bist, mein Sohn?«
»Dann möchte ich gern ein Professor sein.
Ein Professor möchte ich sein, Vater.«

»Du wirst aber nie ein Professor sein,
ein Professor wirst du nie, mein Sohn.
Weil du dazu zu dumm bist, verstehst du,
dir fehlt es ganz einfach da oben.«

»Und werde ich nie ein Professor sein,
so werde ich doch General, mein Vater.
Nur sag mir, wo oben fehlt was mir, mein Vater,
und wer ist zu dazu du dumm?«

DEUTUNG EINES ALLEGORISCHEN GEMÄLDES

Fünf Männer seh ich
inhaltsschwer –
wer sind die fünf?
Wofür steht wer?

Des ersten Wams strahlt
blutigrot –
das ist der Tod
das ist der Tod

Der zweite hält die
Geißel fest –
das ist die Pest
das ist die Pest

Der dritte sitzt in
grauem Kleid –
das ist das Leid
das ist das Leid

Des vierten Schild trieft
giftignass –
das ist der Hass
das ist der Hass

Der fünfte bringt stumm
Wein herein –
das wird der
Weinreinbringer sein.

TAGESBEFEHL

Leute, bitte geht nach Haus,
hier bricht um zwölf der Friede aus,
dann wird nicht mehr geschossen.
Dann hat es sich mit dem Bummbumm,
wer tot ist, falle sofort um,
der Krieg wird gleich geschlossen.

Leute, bitte gebt jetzt Ruh.
Ich mach schon mal den Krieg hier zu,
man kann nicht immer meucheln.
Nein, Bäcker, jetzt wird Brot gemacht,
jetzt wird kein Feind mehr totgemacht,
jetzt heißt es Freundschaft heucheln.

Leute, bitte macht jetzt Schluß,
der nächste ist der letzte Schuß.
Nun seid nicht gleich beleidigt.
Hört auf, sonst gibts eins vor den Bug,
ihr habt hier wirklich lang genug
das Abendland verteidigt.

„Spieglein, Spieglein an der Wand – wer ist der Schönste im ganzen Land?
„Herr Gernhardt, Ihr seid der Schönste hier. Aber der Herr Beitz in Deutz, der ist noch tausendmal schöner als Ihr!

LIED DER MÄNNER

Die Trauer beim Betrachten großer Hecken
gleicht jener, die wir sonst nur dann empfinden,
wenn wir den Lorbeer aus dem Haare winden,
weil es heißt »Fertig machen zum Verrecken« –
die Trauer beim Betrachten großer Hecken.

Das Frösteln beim Betasten kühler Eisen,
wir kennen es, seitdem wir jene sahen,
die in den Zug einstiegen, der sein Nahen
nur unterbrach, um kurz drauf zu entgleisen –
das Frösteln beim Betasten kühler Eisen.

Die Sehnsucht beim Betreten feuchter Planken,
sie wird uns bis an jenen Tag begleiten,
an dem wir schweigend durch die letzte Pforte reiten,
zu schwach zum Fluchen, doch zu stolz zum Danken –
die Sehnsucht beim Betreten feuchter Planken.

TROST IM GEDICHT

Denk dir ein Trüffelschwein,
denks wieder weg:
Wird es auch noch so klein,
wird nie verschwunden sein,
bleibt doch als Fleck.

Was je ein Mensch gedacht,
läßt eine Spur.
Wirkt als verborgne Macht,
und erst die letzte Nacht
löscht die Kontur.

Hat auch der Schein sein Sein
und seinen Sinn.
Mußt ihm nur Sein verleihn:
Denk dir kein Trüffelschwein,
denks wieder hin.

UMGANG MIT TIEREN AUS DER TIEFE

Und es kommen Tiere aus der Tiefe,
Tiere, die, wenn man sie riefe,
schweigend in der Tiefe blieben,
nie gesehen, nie beschrieben:

Nur dein Rufen läßt sie schlafen.
Rufe! Schrei zum Steinerweichen!
Und du wirst den letzten Hafen
ohne Zwischenfall erreichen.

ERINNERUNG AN EINE BEGEGNUNG IN DUDERSTADT

»Sie haben die Züge dessen,
der viel gelitten hat«,
sagte mir zögernd die Fremde
im Bahnhof von Duderstadt.

Ich blickte ihr in die Augen,
sie waren so tief und so klug.
Nur ungern gestand ich die Wahrheit:
»Madame, mir gehört hier kein Zug.

Die Züge, die Sie hier sehen,
gehörn einem anderen Mann.
Sein Vorname lautet schlicht ›Bundes‹,
sein Nachname aber heißt ›Bahn‹.«

Wie schaute die Fremde so zweifelnd,
wie nahte der Zug sich so rot,
wie hob der Beamte die Kelle,
stünd' ich nochmal an der Stelle,
ich wünschte, er schlüge mich tot.

WER VON DEN FÜNFEN BIST DU?

Wie lange kann man sich selber betrügen –
das ist die Frage.
Beim einen dauert es lediglich Stunden,
beim anderen Tage.
Der dritte bringt es auf mehrere Wochen,
der vierte auf Jahre.
Der fünfte glaubt, in der Wiegen zu liegen,
und liegt auf der Bahre.

BANGER MOMENT

Liebling, horch, die Zeit bleibt stehn –
sei mal ruhig, bitte!
Eben waren da noch Schritte,
eben noch schien sie zu gehn,

doch nun steht sie. Sprungbereit?
Selbstversunken? Lauernd?
Angelehnt? Verschnaufend? Kauernd?
Horchend? Ach, du liebe Zeit –

aber still, mein Schatz, da sind
wieder Laute. Heftig
strömt da was. Ein frisches Fließen
wird zu stetigem Ergießen,
unbeirrt und kräftig –
Liebling, horch! Die Zeit verrinnt.

SETZEN, STELLEN, LEGEN U. A.

Was hast du denn da angestellt
mit dem, was ich da aufgestellt?
Du hast dich nicht nur drangestellt
du hast dich auch noch draufgestellt.

Der Deckel war schon draufgemacht
ich dachte, nun sei's eingemacht
du hast es wieder aufgemacht
dich draufgestellt und reingemacht.

Ich hatte alles drangesetzt
ich hatte mich so eingesetzt
doch kaum war alles angesetzt
da hast du dich schon reingesetzt.

Was heißt das, ich sei aufgebracht?
Wer hat das Zeug denn reingebracht?
Ich selber hab es raufgebracht –
und was hat mir das eingebracht?

Wie schön war alles eingelegt!
Wie hatte ich mich krummgelegt!
Einmal hast du mich reingelegt.
Nochmal – und du wirst umgelegt!

DAS ENDE EINER DOPPELBEGABUNG – VON IHR SELBST ERZÄHLT

Lange Jahre hindurch
war ich Maler und
Schriftsteller.
Doch auf einmal
hatte ich keine
Lust mehr.
Das heißt: Zuerst
mochte ich kein
Bild mehr
zu Ende
malen.
Und kurz darauf
mochte ich
auch kein
Wort mehr
zu Ende
schrei

DREISSIGWORTEGEDICHT

Siebzehn Worte schreibe ich
auf dies leere Blatt,
acht hab' ich bereits vertan,
jetzt schon sechzehn und
es hat alles längst mehr keinen Sinn,
ich schreibe lieber dreißig hin:
dreißig.

TESTAMENT

Wo ist die Kasse?
Wo ist der Stift?
Wo ist die Tasse?
Wo ist das Gift?

Da liegt ja die Kasse!
Da steckt ja der Stift!
Da steht ja die Tasse!
Da ist ja das Gift!

Sie kriegt die Kasse.
Er kriegt den Stift.
Du kriegst die Tasse.
Ich nehm das Gift.

BELLA TOSCANA

Zypressen fallen keineswegs
nur den Touristen auf den Keks-

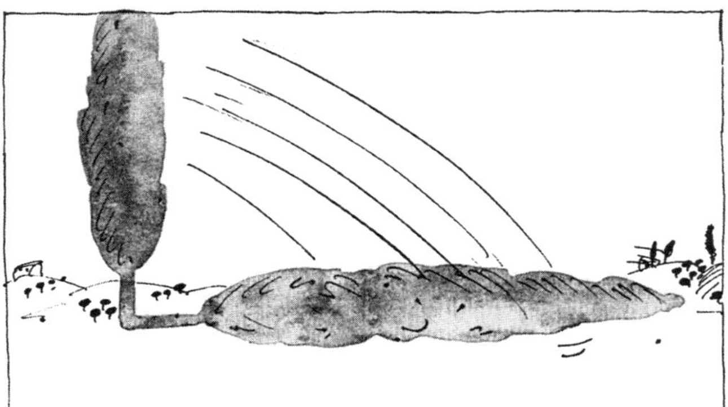

fehlt ein Tourist fällt die Zypresse
auch schon mal auf die eig'ne Fresse.

DIE GESCHICHTE EINER GESCHICHTE

Nachdem die Freunde der reichgedeckten Tafel tüchtig zugesprochen hatten, schlug Florestan vor, man möge sich doch nun an den Kamin begeben, er habe beizeiten ein Feuerchen entfachen lassen, das sicherlich bereits in eine angenehm wärmende Glut übergegangen sei, auch solle es dort nicht an Zigaretten, Biskuits und diversen Alkoholika fehlen, da er Anweisung gegeben habe, eine, wie er augenzwinkernd sagte, sicherlich ausreichende Menge dieser zu Recht nach dem Essen so geschätzten Magentröster bereitzustellen; die Damen aber bitte er, sich in die Küche zu verfügen, wo bereits alles für einen zünftigen Abwasch vorbereitet sei.
Die Freunde erhoben scherzhaft gemeinte Einwände, eigentlich sei es doch an ihnen abzuwaschen, warf Anselmus ein, die Vertreter des – und hier machte er eine zierliche Verbeugung – blöderen Geschlechts hätten doch bereits gekocht, auch Sir Pit wollte da nicht nachstehen und erklärte mit drolligem Augenrollen, er würde ohngeachtet der Pläne seiner Freunde sofort in die Küche eilen, sei er doch ein ausgemachter Freund jeglichen Abwasches, nur hindere ihn seine Kriegsverletzung – und bei diesen Worten wies er auf eine Schramme, die er sich nach menschlichem Ermessen bei der Morgenrasur beigebracht haben mußte –, hindere ihn also diese höchst tückische und, wie wohl auch die Freunde gern zugeben würden, äußerst schwächende Wunde – die Zustimmung der Freunde zu beschreiben, erspare man mir –, mache es ihm kurz gesagt dieses teuflische Kriegs- und Mißgeschick ganz und gar unmöglich, schwerere Lasten zu heben, wie sie ein Handtuch oder gar ein Teller zweifelsfrei darstellten.
Solch Getändel hätte für unsere Freunde fatal enden können, doch

glücklicherweise hatten sich die Damen bereits so sehr mit dem Gedanken vertraut gemacht, den Abwasch zu besorgen, daß sie die Herren geradezu drängten, sich doch an den Kamin zu setzen, sie würden zu gegebener Zeit nachkommen, eine Mitteilung, die mit spürbarer Erleichterung und einigen die wirklich astreine Sozialisation der Damen rühmenden Worten aufgenommen wurde.
Keine zwei Minuten später konnte man die drei denn auch rund um den Kamin gruppiert sehen: zur Linken Anselmus, der gedankenvoll das Etikett einer bauchigen, strohumwundenen Flasche studierte; in der Mitte Florestan, der soeben den Feuerhaken niederlegte, um nach einem am Boden abgestellten, randvollen Glas zu greifen; und zur Rechten den unverwüstlichen Sir Pit, der gedankenvoll erklärte, er für seinen Teil würde jetzt liebend gerne einen durchziehen, es sei schon – und hier sank seine Stimme zu einem verzweifelten Brummen herab – rundum beschissen, daß er vergessen habe, das Gras miteinzupacken.
Für eine Weile herrschte Stille, die nur hier und da von einem explosionsartigen Knall gestört wurde, welcher anzeigte, daß wieder ein Holzscheit dabei war, endgültig das Zeitliche zu segnen; durch die Tür des benachbarten Ateliers drang in fast gleichmäßigen Abständen das Ticken des im dortigen Gebälk beheimateten Holzbocks, ein Wind schüttelte die das Haus umstehenden Zypressen, war aber wegen der festverschlossenen Fenster nur als undeutliches Rauschen vernehmbar.
Sie könnten es sich möglicherweise bereits denken, warum er sie in sein toscanisches Landhaus eingeladen habe, begann Florestan, er brauche ihre, der Freunde, Hilfe, da er sich auf ein Unternehmen einzulassen im Begriff sei, das, wie er mehr und mehr feststelle, zumindest der wohlmeinenden Kritik, besser noch der handfesten Korrektur der Freunde nicht entraten könne, er arbeite nämlich an

nichts Geringerem als einem Roman, wisse aber nicht, ob sein ins Auge gefaßtes Projekt, das ihn sicherlich für einige Zeit in Beschlag nehmen werde, die notwendig darauf zu verwendende Mühe überhaupt wert sei.
Dieser Eröffnung, die die in vielen Stürmen erprobten Freunde ohne sichtbare Gemütsbewegung zur Kenntnis nahmen, folgte ein längeres Schweigen, das Anselmus schließlich mit den Worten brach, er, Florestan, plane also, wenn er ihn, Florestan, richtig verstanden habe, einen Roman, der ihm, Florestan, im Ansatz noch etwas unausgereift erscheine.
Ja, ward ihm zur Antwort, so ungefähr verhalte es sich, worauf sich der hilfreiche Sir Pit zu der Frage veranlaßt sah, was das geplante Prosastück denn für eine Art Roman sei, mehr so, also er wolle da nicht mißverstanden werden, hintenrum oder mehr, man verstehe sicher, wie er es meine, geradeaus.
Nein, man verstehe ihn nicht, entgegnete Florestan, den Blick nur zögernd von den züngelnden Flammen wendend, er hoffe zuversichtlich, auch für Anselmus sprechen zu können, daher dieses »man«, das er nicht als Zudringlichkeit oder gar Bevormundung gewertet wissen wolle.
Doch, doch, er glaube, Sir Pit schon begreifen zu können, ließ sich da aber unerwarteterweise Anselmus vernehmen, dieser spiele mit seinen Worten sicherlich auf die beiden grundsätzlich verschiedenen Romantypen an, auf den von einem Anfang zum Ende voranschreitenden synthetischen und auf den von einem Ende zum Anfang zurückfindenden analytischen Roman, eine Ausführung, die Sir Pit anfangs mit deutlichem Mißtrauen, dann aber mit fast allzu überschwenglicher Begeisterung aufnahm: Jawohl, genau so habe er es gemeint, er bringe den ganzen Schmadder nur leider immer durcheinander, das sei schon in seiner Studienzeit so gewesen,

habe also nichts – und bei diesen Worten prostete er Florestan klirrend zu – mit ihm, Florestan, und seinem sicherlich bärenstarken Romanprojekt zu tun, weshalb er sich gestatte, die Frage zu wiederholen, worum es in diesem Werk denn überhaupt gehe.
Er wolle ein Paar durch die Toscana reisen lassen, begann Florestan, den ein merkliches Zusammensinken der Freunde zu einem erhöhten Redetempo zu bewegen schien, denn fast ohne Unterbrechung fuhr er fort: Georg, ein Textredakteur, reise mit seiner sehr viel jüngeren Freundin Sonja, mache die Reise jedoch nicht zum erstenmal, sondern wiederhole – zuerst noch spielerisch, dann fast zwanghaft – eine Route, die er vor vielen Jahren bereits mit seiner Mutter gereist sei, welche ihn, den damaligen Studenten, zu dieser Fahrt geradezu erpreßt habe, um Georg von seiner – damaligen – Freundin Simone zu trennen, einer Angestellten der Lehrküche der Berliner Bewag, die zur gleichen Zeit Ferien gehabt und erwartet habe, er, Georg, werde die Ferien mit ihr, Simone, verbringen. Georg aber, der damals tatsächlich seiner Mutter nachgegeben und dadurch den Bruch mit Simone provoziert habe, benutze nun die Reise mit Sonja, um sich an seiner – mittlerweile verstorbenen – Mutter, ja, es sei erlaubt zu sagen: zu rächen, was ihm freilich je länger, desto weniger gelinge, da er sich im Verlaufe der Reise mehr und mehr in längst überwunden geglaubte Ängste verstricke, die, aber das alles deute er im Moment natürlich nur an, seinen, Georgs, schließlichen Lähmungszustand und ihren, Sonjas, Bruch mit Georg zur Folge hätten.
Florestan hatte seine Inhaltsangabe kaum geendet, als Sir Pit ruckartig aus seinem Korbstuhl hochfuhr, worauf ersterer ihn fragend ansah, vom zweiten allerdings nur dahingehend beschieden wurde, er suche die beknackte Flasche, ah, da sei sie ja. Dann, nach einem achtungsgebietenden Schluck, den er unter Umgehung je-

den Glases direkt an der Quelle der Labsal tat, lehnte sich Sir Pit wieder zurück und erklärte, dabei die Hände über seinem mächtigen Leib faltend, so ein Feuerchen, und da bitte er nicht mißverstanden zu werden, sei schon was, also jedenfalls besser – und er verzog angewidert sein Gesicht – als ein rostiger Nagel im Knie.

Wieder trat eine Pause ein, während der unsere Freunde unwillkürlich dem Gickern der Frauen lauschten, das aus der entfernten Küche drang, dann aber räusperte sich Sir Pit, der, wohl nicht ganz zu Unrecht, das Gefühl zu haben schien, das Schweigen habe bereits die Grenzen des gesellschaftlich Schicklichen und menschlich Vertretbaren erreicht, und erklärte, seine, Florestans, Geschichte sei in jeder Hinsicht Spitze, er, Sir Pit, würde sie an seiner Stelle so, wie er sie erzählt habe, in die Maschine donnern, es müßte doch mit dem Teufel zugehen, wenn sich nicht ein paar Idioten fänden, die – doch plötzlich schien es ihm offenbar geraten, in seiner Ausdrucksweise etwas wählerischer zu werden –, die den unbestreitbaren Feinheiten einer solchen, tiefenphilosophisch offensichtlich jesusmäßig gekonnt angelegten Story ihren Beifall nicht versagen könnten.

Ob er nicht »tiefenpsychologisch« meine, wollte Anselmus nach einem weiteren sich fast ungebührlich lange hinziehenden Intervall wissen, worauf Sir Pit beinahe unwirsch zurückgab, genau das habe er doch gesagt: »tiefenphilosophisch«.

Durch die Replik geradezu erhitzt begann Anselmus nun, die von Florestan vorgetragene Geschichte einer flinken Vivisektion zu unterwerfen, in deren Verlauf er nach der einleitenden Bemerkung, er fände sie im Ansatz sehr schön, doch, doch, hinzufügte, er befürchte lediglich, daß das Ganze im Endeffekt zu sehr auf ein »Und dann, und dann« hinauslaufe, seiner Meinung nach müsse daher in den Text noch eine zweite Ebene eingebaut werden, die er sich etwa so vorstelle – nach welch letzteren Worten er zunächst eine Pause einlegte, um dann mit Macht fortzufahren, daß es sich bei dieser zweiten Erzählebene um eine kontrapunktisch auf die erste bezogene handeln müsse.

Genau, ergänzte Sir Pit, eben diese Ebene da fehle sowie, zumindest seiner unmaßgeblichen Meinung nach, auch Dingens, womit er, bei allem Respekt vor der Erfindungsgabe seines Freundes – und bei diesen Worten hob er grüßend die Flasche –, jenes scheinbar unscheinbare und doch so wichtige Etwas bezeichnen wolle, das der sinnenfrohe Franzose mit dem Wörtchen »Pep« umschreibe.

Ob es denn überhaupt nötig sei, fuhr ihm nun Anselmus in die Parade, daß Georg die Reise mit dieser Simone – Sonja korrigierte ihn Florestan – Sonja, richtig, in der Realität mache, ob er sie nicht ebensogut imaginieren und das böse Ende in seiner Vorstellungskraft vorwegnehmen könne, ob also nicht durch diesen Kunstgriff einer gar nicht erst begonnenen Reise die weiterwirkende Macht der Mutter noch weitaus anschaulicher werde? Ganz zu schweigen davon, daß die Position des Erzählers dadurch ungemein vereinfacht werde, letzterer könne, da sich alles in seinem Kopf abspiele, ungehindert in den diversen Zeiten, Vergangenheit, Gegenwart und Zukunft, umherspringen, wodurch auch – doch es war Sir Pit, der diesen Satz angeregt zu Ende führte: Wodurch auch jede Menge action in die Geschichte käme. Was sich, so fuhr er unerwartet bestimmt fort, noch dadurch steigern ließe, daß man den Vater mal ganz vergesse – die Mutter, korrigierte Florestan – die Mutter, egal, und den Erzähler mit beiden Tanten zugleich auf die Reise schicke, mit dieser Dingsbums und der anderen, die er, der Erzähler – und bei diesen Worten zwinkerte Sir Pit Florestan reichlich ungeniert zu – doch zur Krönung der Sause im Verlaufe eines lokkeren Dreierbobs gleichzeitig flachlegen könne, wovon er, Sir Pit, sich eine – aber nun kam er seinerseits nicht dazu, den Satz zu beenden, da Anselmus mitten in seinen Redefluß schneidend konstatierte, daß mit all diesen sicher hilfreichen Detailverbesserungen nicht der grundlegende Fehler der gesamten Erzählstruktur des beabsichtigten Romans behoben werden könne, welcher zweifellos darin bestehe – und bei diesen Worten schien seine Nase noch spitzer als gewöhnlich –, daß das erzählte Ich und das Erzähl-Ich nicht identisch seien.

Genau, ließ sich da auch Sir Pit vernehmen, der mittlerweile den wohl etwas uncommoden Sessel verlassen und auf dem angenehm vorgewärmten Fußboden Zuflucht gefunden hatte, daran krankten doch – zumindest habe er das gerade neulich wieder in einer hochangesehenen Wochenschrift gelesen – fast alle diese modernen, also er wolle nicht direkt »Romane« sagen, worauf Anselmus ihn fragte, warum er denn nicht einfach »Romane« sage, woraufhin sich Sir Pit behaglich gegen die Wand lehnte und »Na gut, Romane« sagte.

Florestan, der diesen Ausführungen mit immer gespannterer Aufmerksamkeit gefolgt war, hatte bereits wiederholt zu Fragen, ja Einwänden ausgeholt, sie jedoch stets wieder zurückgestellt, um der Argumentation der Freunde freien Lauf zu lassen, nun aber öffnete er den Mund und sagte: »Meint ihr wirklich, daß ihr mit dieser Art von –«, weiter aber kam er nicht, da plötzlich eine der Damen mit einem Tablett, darauf dampfende Espressotäßchen standen, den Kaminraum betrat und, freilich ohne eine wirkliche Antwort abzuwarten, fragte, ob ein Käffchen recht sei.

Aber immer, ward ihr von allen Seiten versichert, und im Handumdrehen sah man jeden unserer Freunde mit einem Schälchen gutgesüßten Türkentranks bewaffnet, eine Tatsache, die Sir Pit zum Anlaß nahm, allgemein hörbar kundzutun, er habe bei Gott schon einmal einen schlechteren Kaffee als diesen getrunken und zwar seinerzeit in – die Ortsangabe jedoch ersetzte er durch weitausholende, girlandenförmige Armbewegungen –, das sei damals aber auch ein saumäßiger Kaffee gewesen, mehr so eine Art Kakau.

Das möge ja alles seine Richtigkeit haben, ließ sich nun auch Anselmus vernehmen, doch dies hier sei ein ganz ausgezeichneter Kaffee, einer von der Art, die durchaus einen hochprozentigen Begleiter verdiene, mit welch Worten er natürlich geradezu zaunpfahlhaft nach einem Grappino winkte, welchen ihm, da er ein leeres Glas suchend im Kreis der Freunde umherschwenkte, der aufmerksame Florestan auch sogleich einschenkte.

»Na, euch scheint's ja nicht gerade schlecht zu gehen«, scherzte die Dame, die gewartet hatte, um die Täßchen wieder auf dem Tablett einsammeln zu können, worauf sie sich zu ihren Geschlechts-, vielleicht sollte ich besser sagen Leidensgenossinnen zurück in die Küche begab.

Er habe den unbestimmten Eindruck – so jedenfalls wollte Florestan nach einer schicklichen, ganz dem Grappino gewidmeten Pause von neuem beginnen, doch er wurde von Sir Pit gestoppt, der ihm mit der Bemerkung zuvorkam, er wolle jetzt mal seine Eindrücke in betreff Florestans Romanprojektes ehrlich – und auf dieses Wort schien er besonderes Gewicht zu legen, da er es zweimal wiederholte –, ehrlich also, ehrlich zusammenfassen, da er der Meinung sei, daß Ehrlichkeit geradezu eine Voraussetzung dieser – »Freundschaft?« fragte Anselmus hilfreich – nein, beschied ihn Sir Pit barsch, dieser ... na, wie hieße denn das, was alle diese Romanschreiber verbinde – »Literatur?« – ja, Literatur sei. Was, zumindest seiner unmaßgeblichen Meinung nach, das Dolle an der Dichtung sei, sei doch ihre Fähigkeit, zu verdichten, in einer Zeile wie »Das ist ein Herbsttag, wie ich keinen sah« stecke mal schon ganz sicher mehr Herbststimmung, als in einem dickleibigen Wälzer wie etwa dem »Ulysses«.

Da sei aber überhaupt nicht vom Herbst die Rede, wies ihn Anselmus zurecht, der ganze »Ulysses« spiele doch an einem einzigen Tag, dem 16. Juni, ein Einwand, den Sir Pit jedoch gänzlich ungerührt mit »Sag ich doch« und »Na bitte, mein Reden« quittierte. Doch sein Freund – und bei diesen Worten wies Anselmus auf Sir Pit, der sich mittlerweile völlig auf dem Boden ausgestreckt hatte – habe sicher darin recht, daß weniger oft mehr sei, eine Regel, die freilich auch umgekehrt ihre Richtigkeit habe, weshalb er, Anselmus, empfehle, aus der doch reichlich einsträngigen Geschichte ein Vielfigurenpanorama zu machen, ein regelrechtes Stimmengewirr, begeisterte er sich, das durch zahllose Korrespondenzen, Einwürfe, Repliken, Parallelführungen und Brüche – Stimmbrüche! krähte Sir Pit fröhlich dazwischen – so etwas, fuhr Anselmus unbeirrt fort, wie ein äußerst welthaltiges Gegenstück zur heute grassierenden anämischen Hauptschullehrerliteratur darstellen müßte.

Richtig, der Hauptschullehrer müsse schon mal als erstes aus der Geschichte verschwinden, stimmte nun auch Sir Pit mit ein, zeigte sich aber auf Florestans Frage, ob er vielleicht den Textredakteur meine, überraschend konziliant und erklärte, wenn ihm, Florestan, derart an einem Hauptschullehrer gelegen sei, solle er doch gleich ein ganzes Kollegium auf die Reise durch Italien schicken, er denke da an eine Exkursion, bei der auch jede Menge Hauptschullehrerinnen mit von der Partie sein könnten, nein, müßten, schrie er fast, während er sich erregt aufrichtete, den Bus aber würde er an seiner, Florestans, Stelle in irgendsoeinem gottverlassenen kalabrischen Kaff eine Panne haben lassen, ihm sei so etwas mal während einer Klassenfahrt passiert und da – da sei es dann wohl rundgegangen, fragte Anselmus angeregt, worauf Sir Pit zuerst: Mein lieber Schollie! dann: Ach, es war nur halb so wild, dann: Nichts lief, wir waren ja eine reine Jungenklasse, und schließlich: War nur ein Vorschlag, sagte.

Eine weitere Pause trat ein, während derer die Freunde ins Feuer schauten, das, nachdem es die stattgehabten Erörterungen mit den vielfältigsten Flammenspielen und Geräuschen begleitet und untermalt hatte, nun dabei war, endgültig zu verglimmen, ein Schicksal, welches auch das Gespräch zu teilen schien, da es – bis auf Sir Pits Bemerkung, darein, und bei diesen Worten wies er auf die Glut, würde er im Moment nur äußerst ungern seine Füße stecken, und des Anselmus' Replik, Mensch Meyer, da habe er ja so recht – keine nennenswerten Gesichtspunkte mehr hervorzubringen in der Lage zu sein schien.

Doch als schließlich Florestan, das letzte Aufflackern eines noch unversehrteren Scheites zum Anlaß nehmend, gerade im Begriff war, zur Frage anzusetzen, ob sie, die Freunde, wirklich begriffen hätten, was er, Florestan – da wurde er jäh durch die aus der Küche zurückströmenden Damen unterbrochen, die, den Lichtschalter betätigend, fragten, warum denn die Herren in völliger Dunkelheit dasäßen und was denn mit der versprochenen Rommé-Partie sei, eine Aufforderung, der die Freunde in gewohnter Chevalerie denn auch sogleich nachkamen, wenngleich Florestan, so mochte es scheinen, ein wenig wortkarger als gewohnt.

Ob Florestan denn etwas habe, wollte, bevor sich die Paare auf die Zimmer verteilten, Chloë von Anselmus wissen, worauf der sich zu versichern beeilte, seines, Anselmus', Wissens nach habe Florestan nichts, außer, aber die habe ja jeder mal, einige erzähltechnische Probleme mit seinem neuen Roman. Und die, so erklärte der hinzugetretene Sir Pit, seien ja dank seiner, Sir Pits, und des Anselmus Hilfe so gut wie ungegenständlich – ob er nicht gegenstandslos meine, fragte ihn Chloë –, jawohl, genau das seien sie, auf sie, damit meine er jetzt aber die Freunde, sei nämlich noch Verlaß, im Gegensatz zu diesen kalabresischen Hauptschullehrern.

Bei den letzten Worten jedoch, so berichtete es Chloë später der Freundin Phyllis, hätten die beiden geradezu unbändig gekichert, ja fast geröhrt, Sir Pit aber, sich nur sehr langsam beruhigend, hätte hinzugefügt, Florestan werde, da er der geborene Erzähler sei, diesen Roman sicherlich packen.

Ein Urteil, das Anselmus nach Jahresfrist, als bereits feststand, daß Florestan den Roman immer noch nicht geschrieben hatte, dahingehend korrigierte, daß er, Florestan, den Roman wohl deswegen nicht gepackt habe, da er offensichtlich doch nicht der geborene Erzähler sei.

DURCH BELLA ITALIA MIT DER – –
NUCKELPINNE

»Na Alte, was hältst du von einer Spritztour durch Bella Italia?«
Dieser Ruf erschallte eines schönen Frühlingsmorgens durch das schmucke Schwarzwaldhäuschen, als dessen Besitzer jeder in Kniedorf Gerhard Wohlgemut benannt hätte.
Und kein anderer hatte auch diese Worte geäußert, die nun eine von ihm zweifellos beabsichtigte Wirkung zeitigten. Denn hast du nicht gesehen öffnete sich die Küchentür, und die so summarisch als »Alte« angeredete – in Wirklichkeit eine prächtige Frau von etwa 35 Jahren –, trat auf den Flur.
Marie, so war ihr Name im Paß vermerkt, und als Nachnamen konnte man dort einen Namen lesen, der uns nun schon vertraut ist, den Namen Wohlgemut.
»Gerhard, ist das dein Ernst?«
»Klar. Schau mal, was da draußen steht.«
»Ein Auto! Wie kommt denn das hierher?«
»Von selbst bestimmt nicht!«
»Du hast es gekauft?!«
In Maries Stimme lag ein Jauchzen.
»Hat es schon einen Namen?«
»Klar«, brummte Gerhard und zwinkerte verräterisch mit den Augen. »Nuckelpinne«.
»Nuckelpinne, wie hübsch. Und wann soll's losgehen?«
»Wenn du willst, sofort.«
»Ach Gerhard, wie herrlich!«
Zwei Stunden, nachdem dieses Gespräch stattgefunden hatte, lag das Reisegepäck wohlverstaut im Kofferraum, und auf den beiden

vorderen Plätzen befanden sich die beiden Personen, die wir nun schon kennen und die sicher nichts dagegen haben werden, wenn wir sie ab jetzt ganz einfach mit ihren Vornamen anreden.
Hinter dem Steuer saß – wie könnte es anders sein – der stolze Besitzer Gerhard. Neben ihm hockte Frau Marie und strahlte aus allen Knopflöchern.
Und ab ging's.
Zuerst mit Karacho durch das verschlafene Schwarzwaldstädtchen, dessen Bewohner nicht schlecht staunten, als sie das seltsame Gefährt daherrauschen sahen.
»Na Alte, was sagst du zu unserer Nuckelpinne? Unser fahrbarer Untersatz hat einen ganz schönen Zack drauf – wie?«
»Fahr nicht so schnell, Gerhard.«
Unter solchen Gesprächen verging die Zeit bis Trient.
»Trento«, stellte Gerhard fest. »Trient ist wohl zu schwer für die Spaghettifresser. Na, hier werden wir, schätze ich, mal ausgiebig an der Matratze horchen. Schau mal links der Campanile. Also bauen können sie!«
Ein Hotel zu einem annehmbaren Preis war schnell gefunden, der Wirt geleitete die Gäste persönlich in das Zimmer, wo Gerhards Interesse rasch von dem Doppelbett gefesselt wurde. Vor den Augen des erstaunten Wirtes ließ er sich auf die Bettstatt plumpsen und stand mit verdüsterter Miene wieder auf.
»Das quietscht ja. Das Bett – il letto, capisci?«
Der Wirt zuckte mit den Achseln, offenbar gingen diese Worte nicht in seinen braunen Schädel.
»Das quietscht. Fa quietschi, quietschi. Niente capito? Kommen Sie mal. Horchen Sie mal. Hier. Macht quietsch, quietsch. Il letto quietsche. Claro?«
Nun wollte der Wirt unter Zuhilfenahme aller Extremitäten ir-

gendwelche Beschwichtigungsversuche vorbringen, doch Gerhard stoppte seinen Redeschwall. »Für das Geld, was das hier kostet, kann man auch ein Bett erwarten, das einen ruhigen Schlaf garantiert. Garantia – capito? Bene schlafen. Voglio bene schlafen senza quietsch, quietsch. Ich zehn Stunden im Auto, sempre wrumm, wrumm, nun ich müde. Ich schlafen. Ohne quietsch, quietsch. Va bene?«

Doch unser armer Italiano schien nichts zu begreifen. Dann schließlich ging ein Leuchten über sein Gesicht, und er verschwand eilig auf dem Flur, freilich nur, um zwei weitere Kissen hereinzutragen.

Am nächsten Morgen, nach so, so verbrachter Nacht, gab dieser Vorfall unseren beiden Helden noch Anlaß zu einem scherzhaften Wortwechsel.

»Irgend jemand mußte es dem Wirt ja einmal sagen.«

»Du hast dich absolut richtig verhalten, Gerhard.«

Hinter Trient veränderte sich die Landschaft ziemlich rasch.

»Weniger Hügel, mehr Flachland, das muß ich mir merken,« sagte Gerhard, während der Marie fast die Augen aus dem Kopf fielen.

»Guck mal, da geht wieder so ein Mann mit einem Korb unter dem Arm.«

»Ging da schon mal einer?«

»Ja, vorhin. Hast du ihn nicht gesehen?«

»Nein, ich war zu sehr von dem Säulengang gefesselt.«

»Den hab ich nun wieder nicht gesehen.«

»Solltest du aber. Anstatt Männern nachzuschauen.«

»Gerhard, du weißt doch, wie es gemeint war!«

»Klar. Sollte auch nur ein Scherz sein.«

Bis Florenz ging alles gut. Dann tauchte in der Ferne die Domkuppel auf.

»Scheint il duomo zu sein«, bemerkte Gerhard mit Kennerblick. »Brunelleschis Meisterwerk. Roter, als ich dachte.«
Marie war ganz Ohr, als sich die Nuckelpinne ihren Weg durch das Verkehrschaos der Stadt am Arno bahnte und Gerhard seine Erläuterungen abgab.
»Jetzt muß gleich der Palazzo Vecchio kommen. Da hat früher der Stadtrat getagt. Was war denn das da links?«
Der erste Vormittag gehörte ganz und gar den Uffizien. Die Meisterwerke der Malerei wurden ausgiebig begutachtet, und dann war eine kleine Stärkung fällig.
»Voglio un poco mangiare«, bedeutete Gerhard dem dienstbaren Geist der Trattoria, der bald, mit einer Speisekarte bewaffnet, wiederauftauchte.
»Na, was gibt's denn hier Gutes?«, mit diesen Worten vertiefte er sich in la carta. »Also da kenn sich einer aus. Alles so ein Brutta con Tutta und Cotschelone alla Panna-Zeug. Was nimmst du? Ich nehme Spaghetti.«
Da wollte Marie nicht nachstehen. »Was ist denn das hier?«
Der Kellner klaubte seine zugestandenermaßen etwas armseligen Deutschkenntnisse zusammen und erklärte: »Eine schöne Fleisch von Huhn mit Reis.«
»Eine schöne Fleisch – der gefällt mir!« sprang Gerhard hilfreich ein. »Der meint wahrscheinlich schönes Hühnerfleisch. Würde ich nehmen. Und dazu« – nun wieder zum Kellner gewandt – »und dazu eine Fanta. Habt ihr nicht? Dann vino rosso.«
Ziemlich belämmert zog der cameriere ab, doch nach stattgehabter Atzung waren die beiden Reisenden wieder ganz obenauf und schauten sich Santa Croce an.
»Komm mal hier rüber, so siehst du die Giottos am besten.«
»Ja, jetzt sehe ich sie auch.«

»Ganz schön schmissig, was?«
Der Toskana waren zwei weitere Tage gewidmet.
»O sole mio«, mit diesen Worten steuerte Gerhard die wackere Nuckelpinne weiter südwärts. Eines Tages wachten unsere Reisenden in Amalfi auf, und Gerhard plierte mißtrauisch durch die Jalousie. »Niente sole«, stellte er ärgerlich fest. Dazu kam, daß die Pinunzen langsam knapp wurden.
»Aber Rom war doch schön.«
»Da schien auch noch die Sonne.«
»Das stimmt.«
»Na, juckeln wir mal gemächlich die Küstenstraße runter. Die Sonne wird schon wieder scheinen.«
In der Tat, bald lugte sie wieder hinter den Wolken hervor, und schnell stieg das Stimmungsbarometer unserer beiden Italienfahrer wieder auf Markierung »Prima«.
Vor einer Kurve trat Gerhard plötzlich auf die Bremse und lenkte die Nuckelpinne auf einen Rastplatz. »Mal ein bißchen lucki, lukki machen«, erklärte er seiner besseren Hälfte und schaute die Steilküste runter. Mit einem italienischen Herrn, der dasselbe tat, kam er ins Gespräch.
»Das da unten nennen wir in Germania eine Haarnadelkurve.«
Doch der Italiener schien immerzu Bahnhof zu verstehen.
»Haarnadelkurve«, erklärte Gerhard mit Nachdruck.
»Curva, si, si.«
»Niente curva. Haarnadelkurva!«
Der Italiener begriff immer noch nicht.
»Passen Sie auf. Curva – si?«
»Si.«
»Bene. Und questa Kurva e una Haarnadelkurva. Capito?«
Der Italiener schüttelte den Kopf.

»Haarnadel – capisce Haarnadel?«
Nein, er begriff nichts.
»Haarnadel – come si dice? Hier, ecco –« Gerhard deutete auf seinen Kopf. »Das sind Haare. Hair. Hier oben. Und nun ... le donne, Frau – capito? Le donne haben langes Haar ... questa cosa longa – und dafür Nadeln ... Haarnadeln – capisce. Nadel per hier oben – claro?«
Der Italiener guckte immer noch wie nicht gescheit.
»Paß mal auf. Nadeln – ja? Si qualque cosa e kaputto, ja? Dann sie prende una Nadel per fare bene ... Gerhard machte die Bewegung des Nähens, »Nadel – capito? Questa e una Nadel. Und una Nadel per hier oben e una Haarnadel und questa Kurva e una Haarnadelkurva. Con la forma di una Haarnadel – capito?«
»Gerhard laß doch, der begreift's nicht.«
»Ich glaub's beinahe auch. Na, macht nichts. Tschau!«
Wieder im Wagen konnte er sich jedoch längere Zeit nicht beruhigen.
»Er hätte es doch wirklich begreifen können, der Italiano!«
»Es ging vielleicht über seinen horizonto«, meinte Marie begütigend und brachte so den Göttergatten wieder zum Schmunzeln.
Trotzdem hätte die in Maries Worten enthaltene Mahnung Gerhard vorsichtiger werden lassen müssen, aber in Riccione stach ihn der Haber noch einmal. Und dabei hätte es beinahe Ärger gegeben.
»Mit Ihnen würde ich gerne ein Nümmerchen schieben«, bedeutete er einer Kellnerin, die verlegen die Achseln zuckte.
»Also Nummer ...«, versuchte Gerhard zu erklären.
»Numero?«
»Ja, bene, numera. Ich – ego – io – ja?«

Das schöne Kind nickte und bemühte sich augenscheinlich, hinter den Sinn von Gerhards Worten zu kommen.
»Io Nümmerchen – una piccola numera, io una piccola numera con te – capito?«
Das hörte Marie ja nicht so gern: »Gerhard, laß das doch!« Doch Gerhard wollte nunmal keine Ruhe geben: »Guck lieber nach, was ›schieben‹ heißt.«
»Das kannst du dir selber raussuchen«, stieß Marie wütend hervor, schmiß Gerhard das Wörterbuch auf den Tisch und wollte gerade die beleidigte Leberwurst spielen, als Gerhard ihr durch ein Zwinkern bedeutete, daß er nur Spaß machte.
»Also wir piccola numera schieben, wir insieme – si?«
»Sieben?« fragte die Kellnerin und provozierte ungewollt eine nur mühsam unterdrückte Heiterkeit bei unseren Freunden.
»Nicht sieben. Sieben e sette. Schieben. Wir Nümmerchen schieben – ja?«
»Nümmerschen?«
»Una piccola numera solo – wir zwei Hübschen – capito?«
Aber die Brave begriff immer noch nicht, und schließlich ließ es Gerhard des grausamen Spiels genug sein. Die Kellnerin ging, und endlich konnte Marie ihrem angestauten Gelächter freien Lauf lassen.
Noch im Hotelzimmer wollte sie sich nicht beruhigen: »Nümmerschen sieben – also wie sie das gesagt hat!«
Doch auch die schönsten Ferien gehen einmal zu Ende. Unerbittlich flatterte Kalenderblatt auf Kalenderblatt zu Boden, bis es auf einmal Abschiednehmen hieß.
»Schön war's in Italia, doch schön ist auch Germania«, sang Gerhard über das Lenkrad der unverwüstlichen Nuckelpinne gebeugt, und Maria summte den Refrain versonnen mit.

»Es waren doch trotz allem ganz herrliche Tage, wie?«
»Ganz herrliche Tage.«
Und dann tauchten plötzlich zwei Schilder auf. »Bundesrepublik Deutschland« stand auf dem einen, »Freistaat Bayern« auf dem anderen.
»Man« war wieder zu Hause: Gerhard, Maria und – nicht zu vergessen – die brave Nuckelpinne, die die ganzen drei Wochen wirklich ausgesprochen gut überstanden hatte.
»Buon giorno, Germania!« rief unser Italienfahrer übermütig aus.
Und war es mehr als nur ein Zufall, daß ihm das erste »Grüß Gott« seit drei Wochen – es war der Zöllner, der es aussprach, – wie Musik in den Ohren klang?

DIE FALLE

Da Herr Lemm, der ein reicher Mann war, seinen beiden Kindern zum Christfest eine besondere Freude machen wollte, rief er Anfang Dezember beim Studentenwerk an und erkundigte sich, ob es stimme, daß die Organisation zum Weihnachtsfest Weihnachtsmänner vermittle. Ja, das habe seine Richtigkeit. Studenten stünden dafür bereit, 25 DM koste eine Bescherung, die Kostüme brächten die Studenten mit, die Geschenke müßte der Hausherr natürlich selbst stellen. »Versteht sich, versteht sich«, sagte Herr Lemm, gab die Adresse seiner Villa in Berlin-Dahlem an und bestellte einen Weihnachtsmann für den 24. Dezember um 18 Uhr. Seine Kinder seien noch klein, und da sei es nicht gut, sie allzulange auf die Bescherung warten zu lassen. Der bestellte Weihnachtsmann kam pünktlich. Er war ein Student mit schwarzem Vollbart, unter dem Arm trug er ein Paket.

»Wollen Sie so auftreten?« fragte Herr Lemm.

»Nein«, antwortete der Student, »da kommt natürlich noch ein weißer Bart darüber. Kann ich mich hier irgendwo umziehen?«

Er wurde in die Küche geschickt. »Da stehen aber leckere Sachen«, sagte er und deutete auf die kalten Platten, die auf dem Küchentisch standen. »Nach der Bescherung, wenn die Kinder im Bett sind, wollen noch Geschäftsfreunde meines Mannes vorbeischauen«, erwiderte die Hausfrau. »Daher eilt es etwas. Könnten Sie bald anfangen?«

Der Student war schnell umgezogen. Er hatte jetzt einen roten Mantel mit roter Kapuze an und band sich einen weißen Bart um. »Und nun zu den Geschenken«, sagte Herr Lemm. »Diese Sachen sind für den Jungen, Thomas«, er zeigte auf ein kleines Fahrrad und andere Spielsachen –, »und das bekommt Petra, das Mädchen, ich meine die Puppe und die Sachen da drüben. Die Namen stehen jeweils drauf, da wird wohl nichts schiefgehen. Und hier ist noch ein Zettel, auf dem ein paar Unarten der Kinder notiert sind, reden Sie ihnen mal ins Gewissen, aber verängstigen Sie sie nicht, vielleicht genügt es, etwas mit der Rute zu drohen. Und versuchen Sie, die Sache möglichst rasch zu machen, weil wir noch Besuch erwarten.«

Der Weihnachtsmann nickte und packte die Geschenke in den Sack. »Rufen Sie die Kinder schon ins Weihnachtszimmer, ich komme gleich nach. Und noch eine Frage. Gibt es hier ein Telefon? Ich muß jemanden anrufen.«

»Auf der Diele rechts.«

»Danke.«

Nach einigen Minuten war dann alles soweit. Mit dem Sack über dem Rücken ging der Student auf die angelehnte Tür des Weihnachtszimmers zu. Einen Moment blieb er stehen. Er hörte die Stimme von Herrn Lemm, der gerade sagte: »Wißt ihr, wer jetzt gleich kommen wird? Ja, Petra, der Weihnachtsmann, von dem wir euch schon so viel erzählt haben. Benehmt euch schön brav ...«

Fröhlich öffnete er die Tür. Blinzelnd blieb er stehen. Er sah den brennenden Baum, die erwartungsvollen Kinder, die feierlichen Eltern. Es hatte geklappt, jetzt fiel die Falle zu. »Guten Tag, liebe Kinder«, sagte er mit tiefer Stimme. »Ihr seid also Thomas und Petra. Und ihr wißt sicher, wer ich bin, oder?«

»Der Weihnachtsmann«, sagte Thomas etwas ängstlich.

»Richtig. Und ich komme zu euch, weil heute Weihnachten ist. Doch bevor ich nachschaue, was ich alles in meinem Sack habe, wollen wir erst einmal ein Lied singen. Kennt ihr ›Stille Nacht, heilige Nacht‹? Ja? Also!«

Er begann mit lauter Stimme zu singen, doch mitten im Lied brach er ab. »Aber, aber, die Eltern singen ja nicht mit! Jetzt fangen wir alle noch mal von vorne an. Oder haben wir den Text etwa nicht gelernt? Wie geht denn das Lied, Herr Lemm?«
Herr Lemm blickte den Weihnachtsmann befremdet an. »Stille Nacht, heilige Nacht, alles schläft, einer wacht ...«
Der Weihnachtsmann klopfte mit der Rute auf den Tisch: »Einsam wacht! Weiter! Nur das traute ...«
»Nur das traute, hochheilige Paar«, sagte Frau Lemm betreten, und leise fügte sie hinzu: »Holder Knabe im lockigen Haar.«
»Vorsagen gilt nicht«, sagte der Weihnachtsmann barsch und hob die Rute. »Wie geht es weiter?«
»Holder Knabe im lockigen ...«
»Im lockigen Was?«
»Ich weiß es nicht«, sagte Herr Lemm. »Aber was soll denn diese Fragerei? Sie sind hier, um ...«
Seine Frau stieß ihn in die Seite, und als er die erstaunten Blicke seiner Kinder sah, verstummte Herr Lemm.
»Holder Knabe im lockigen Haar«, sagte der Weihnachtsmann, »Schlaf in himmlischer Ruh, schlaf in himmlischer Ruh. Das nächste Mal lernen wir das besser. Und jetzt singen wir noch einmal miteinander: ›Stille Nacht, heilige Nacht‹.«
»Gut, Kinder«, sagte er dann. »Eure Eltern können sich ein Beispiel an euch nehmen. So, jetzt geht es an die Bescherung. Wir wollen doch mal sehen, was wir hier im Sack haben. Aber Moment, hier liegt ja noch ein Zettel!« Er griff nach dem Zettel und las ihn durch.
»Stimmt das, Thomas, daß du in der Schule oft ungehorsam bist und den Lehrern widersprichst?«
»Ja«, sagte Thomas kleinlaut.

»So ist es richtig«, sagte der Weihnachtsmann. »Nur dumme Kinder glauben alles, was ihnen die Lehrer erzählen. Brav, Thomas.«
Herr Lemm sah den Studenten beunruhigt an.
»Aber ...«, begann er. »Sei doch still«, sagte seine Frau.
»Wollten Sie etwas sagen?« fragte der Weihnachtsmann Herrn Lemm mit tiefer Stimme und strich sich über den Bart.
»Nein.«
»Nein, lieber Weihnachtsmann, heißt das immer noch. Aber jetzt kommen wir zu dir, Petra. Du sollst manchmal bei Tisch reden, wenn du nicht gefragt wirst, ist das wahr?« Petra nickte.
»Gut so«, sagte der Weihnachtsmann. »Wer immer nur redet, wenn er gefragt wird, bringt es in diesem Leben zu nichts. Und da ihr so brave Kinder seid, sollt ihr nun auch belohnt werden. Aber bevor ich in den Sack greife, hätte ich gerne etwas zu trinken.« Er blickte die Eltern an.
»Wasser?« fragte Frau Lemm.
»Nein, Whisky. Ich habe in der Küche eine Flasche ›Chivas Regal‹ gesehen. Wenn Sie mir davon etwas einschenken würden? Ohne Wasser, bitte, aber mit etwas Eis.«
»Mein Herr!« sagte Herr Lemm, aber seine Frau war schon aus dem Zimmer. Sie kam mit einem Glas zurück, das sie dem Weihnachtsmann anbot. Er leerte es und schwieg.
»Merkt euch eins Kinder«, sagte er dann. »Nicht alles, was teuer ist, ist auch gut. Dieser Whisky kostet etwa 50 DM pro Flasche. Davon müssen manche Leute einige Tage leben, und eure Eltern trinken das einfach ’runter. Ein Trost bleibt: der Whisky schmeckt nicht besonders.«
Herr Lemm wollte etwas sagen, doch als der Weihnachtsmann die Rute hob, ließ er es.
»So, jetzt geht es an die Bescherung.«

Der Weihnachtsmann packte die Sachen aus und überreichte sie den Kindern. Er machte dabei kleine Scherze, doch es gab keine Zwischenfälle, Herr Lemm atmete leichter, die Kinder schauten respektvoll zum Weihnachtsmann auf, bedankten sich für jedes Geschenk und lachten, wenn er einen Scherz machte. Sie mochten ihn offensichtlich.

»Und hier habe ich noch etwas Schönes für dich, Thomas«, sagte der Weihnachtsmann. »Ein Fahrrad. Steig mal drauf.«

Thomas strampelte, der Weihnachtsmann hielt ihn fest, gemeinsam drehten sie einige Runden im Zimmer.

»So, jetzt bedankt euch mal beim Weihnachtsmann!« rief Herr Lemm den Kindern zu. »Er muß nämlich noch viele, viele Kinder besuchen, deswegen will er jetzt leider gehen.«

Thomas schaute den Weihnachtsmann enttäuscht an, da klingelte es. »Sind das schon die Gäste?« fragte die Hausfrau. »Wahrscheinlich«, sagte Herr Lemm und sah den Weihnachtsmann eindringlich an. »Öffne doch.«

Die Frau tat das, und ein Mann mit roter Kapuze und rotem Mantel, über den ein langer weißer Bart wallte, trat ein. »Ich bin Knecht Ruprecht«, sagte er mit tiefer Stimme.

Währenddessen hatte Herr Lemm im Weihnachtszimmer noch einmal behauptet, daß der Weihnachtsmann jetzt leider gehen müsse. »Nun bedankt euch mal schön, Kinder«, rief er, als Knecht Ruprecht das Zimmer betrat. Hinter ihm kam Frau Lemm und schaute ihren Mann achselzuckend an.

»Da ist ja mein Freund Knecht Ruprecht«, sagte der Weihnachtsmann fröhlich.

»So ist es«, erwiderte dieser. »Da drauß' vom Walde komm ich her, ich muß euch sagen, es weihnachtet sehr. Und jetzt hätte ich gerne etwas zu essen.«

»Wundert euch nicht«, sagte der Weihnachtsmann zu den Kindern gewandt. »Ein Weihnachtsmann allein könnte nie all die Kinder bescheren, die es auf der Welt gibt. Deswegen habe ich Freunde, die mir dabei helfen: Knecht Ruprecht, den heiligen Nikolaus und noch viele andere ...«
Es klingelte wieder. Die Hausfrau blickte Herrn Lemm an, der so verwirrt war, daß er mit dem Kopf nickte; sie ging zur Tür und öffnete. Vor der Tür stand ein dritter Weihnachtsmann, der ohne Zögern eintrat. »Puh«, sagte er. »Diese Kälte! Hier ist es beinahe so kalt wie am Nordpol, wo ich zu Hause bin!«
Mit diesen Worten betrat er das Weihnachtszimmer. »Ich bin Sankt Nikolaus«, fügte er hinzu, »und ich freue mich immer, wenn ich brave Kinder sehe. Das sind sie doch – oder?«
»Sie sind sehr brav«, sagte der Weihnachtsmann. »Nur die Eltern gehorchen nicht immer, denn sonst hätten sie schon längst eine von den kalten Platten und etwas zu trinken gebracht.«
»Verschwinden Sie!« flüsterte Herr Lemm dem Studenten zu.
»Sagen Sie das doch so laut, daß Ihre Kinder es auch hören können«, antwortete der Weihnachtsmann.
»Ihr gehört jetzt ins Bett«, sagte Herr Lemm.
»Nein«, brüllten die Kinder und klammerten sich an den Mantel des Weihnachtsmannes.
»Hunger«, sagte Sankt Nikolaus.
Die Frau holte ein Tablett. Die Weihnachtsmänner begannen zu essen. »In der Küche steht Whisky«, sagte der erste, und als Frau Lemm sich nicht rührte, machte sich Knecht Ruprecht auf den Weg. Herr Lemm lief hinter ihm her. In der Diele stellte er den Knecht Ruprecht, der mit einer Flasche und einigen Gläsern das Weihnachtszimmer betreten wollte.
»Lassen Sie die Hände vom Whisky!«

»Thomas!« rief Knecht Ruprecht laut, und schon kam der Junge auf seinem Fahrrad angestrampelt. Erwartungsvoll blickte er Vater und Weihnachtsmann an.

»Mein Gott, mein Gott«, sagte Herr Lemm, doch er ließ Knecht Ruprecht vorbei.

»Tu was dagegen«, sagte seine Frau. »Das ist ja furchtbar. Tu was!«

»Was soll ich tun?« fragte er, da klingelte es.

»Das werden die Gäste sein!«

»Und wenn sie es nicht sind?«

»Dann hole ich die Polizei!«

Herr Lemm öffnete. Ein junger Mann trat ein. Auch er hatte einen Wattebart im Gesicht, trug jedoch keinen roten Mantel, sondern einen weißen Umhang, an dem zwei Flügel aus Pappe befestigt waren.

Der Weihnachtsmann, der auf die Diele getreten war, als er das Klingeln gehört hatte, schwieg wie die anderen. Hinter ihm schauten die Kinder, Knecht Ruprecht und Sankt Nikolaus auf den Gast.

»Grüß Gott, lieber...«, sagte Knecht Ruprecht schließlich. »Lieber Engel Gabriel«, ergänzte der Bärtige verlegen. »Ich komme, um hier nachzuschauen, ob auch alle Kinder artig sind. Ich bin nämlich einer von den Engeln auf dem Felde, die den Hirten damals die Geburt des Jesuskindes angekündigt haben. Ihr kennt doch die Geschichte, oder?« Die Kinder nickten, und der Engel ging etwas befangen ins Weihnachtszimmer. Zwei Weihnachtsmänner folgten ihm, den dritten, es war jener, der als erster gekommen war, hielt Herr Lemm fest. »Was soll denn der Unfug?« fragte er mit einer Stimme, die leicht zitterte. Der Weihnachtsmann zuckte mit den Schultern. »Ich begreif' es auch nicht, warum er so antanzt. Ich habe ihm ausdrücklich gesagt, er solle als Weihnachtsmann kommen, aber wahrscheinlich konnte er keinen roten Mantel auftreiben.«

»Sie werden jetzt alle schleunigst hier verschwinden«, sagte Herr Lemm.

»Schmeißen Sie uns doch 'raus«, erwiderte der Weihnachtsmann und zeigte ins Weihnachtszimmer. Dort saß der Engel, aß Schnittchen und erzählte Thomas davon, wie es im Himmel aussah. Die Weihnachtsmänner tranken und brachten Petra ein Lied bei, das mit den Worten begann: »Nun danket alle Gott, die Schule ist bankrott.«

»Wieviel verlangen sie?« fragte Herr Lemm.

»Wofür?«

»Für Ihr Verschwinden. Ich erwarte bald Gäste, das wissen Sie doch.«

»Ja, das könnte peinlich werden, wenn Ihre Gäste hier hereinplatzen würden. Was ist Ihnen denn die Sache wert?«

»Hundert Mark«, sagte der Hausherr. Der Weihnachtsmann lachte und ging ins Zimmer. »Holt mal eure Eltern«, sagte er zu Petra und Thomas. »Engel Gabriel will uns noch die Weihnachtsgeschichte erzählen.«

Die Kinder liefen auf die Diele. »Kommt«, schrien sie, »Engel Gabriel will uns was erzählen.« Herr Lemm sah seine Frau an.

»Halt mir die Kinder etwas vom Leibe«, flüsterte er, »ich rufe jetzt die Polizei an!« »Tu es nicht«, bat sie, »denk doch daran, was in den Kindern vorgehen muß, wenn Polizisten ...« »Das ist mir jetzt völlig egal«, unterbrach Herr Lemm. »Ich tu's.«

»Kommt doch«, riefen die Kinder. Herr Lemm hob den Hörer ab und wählte. Die Kinder kamen neugierig näher. »Hier Lemm«, flüsterte er. Lemm, Berlin-Dahlem. Bitte schicken Sie ein Überfallkommando.« »Sprechen Sie bitte lauter«, sagte der Polizeibeamte.

»Ich kann nicht lauter sprechen, wegen der Kinder. Hier, bei mir zu Haus, sind drei Weihnachtsmänner und ein Engel, und die gehen nicht weg ...«

Frau Lemm hatte versucht, die Kinder wegzuscheuchen, es war ihr nicht gelungen. Petra und Thomas standen neben ihrem Vater und schauten ihn an. Herr Lemm verstummte.

»Was ist mit den Weihnachtsmännern?« fragte der Beamte, doch Herr Lemm schwieg weiter.

»Fröhliche Weihnachten«, sagte der Beamte und hängte auf.

Da erst wurde Herrn Lemm klar, wie verzweifelt seine Lage war.

»Komm, Pappi«, riefen die Kinder, »Engel Gabriel will anfangen.« Sie zogen ihn ins Weihnachtszimmer.

»Zweihundertfünfzig«, sagte er leise zum Weihnachtsmann, der auf der Couch saß.

»Pst«, antwortete der und zeigte auf den Engel, der »Es begab sich aber zu der Zeit« sagte und langsam fortfuhr. »Dreihundert.« Als der Engel begann, den Kindern zu erklären, was der Satz »Und die war schwanger« bedeute, sagte Herr Lemm »Vierhundert«, und der Weihnachtsmann nickte.

»Jetzt müssen wir leider gehen, liebe Kinder«, sagte er. »Seid hübsch brav, widersprecht euren Lehrern, wo es geht, haltet die Augen offen und redet, ohne gefragt zu werden. Versprecht ihr mir das?«

Die Kinder versprachen es, und nacheinander verließen der Weihnachtsmann, Knecht Ruprecht, Sankt Nikolaus und der Engel Gabriel das Haus. »Ich fand es nicht richtig, daß du Geld genommen hast«, sagte Knecht Ruprecht auf der Straße.

»Das war nicht geplant«.

»Leute, die sich Weihnachtsmänner mieten, sollen auch dafür zahlen«, meinte Engel Gabriel.

»Aber nicht so viel.«
»Wieso nicht? Alles wird heutzutage teurer, auch das Bescheren.«
»Expropriation der Expropriateure«, sagte der Weihnachtsmann.
»Richtig«, sagte Sankt Nikolaus. »Wo steht geschrieben, daß der Weihnachtsmann immer nur etwas bringt? Manchmal holt er auch etwas.«
»In einer Gesellschaft, deren Losung ›Hastuwasbistuwas‹ heißt, kann auch der Weihnachtsmann nicht sauber bleiben«, sagte Engel Gabriel. »Es ist kalt«, sagte der Weihnachtsmann.
»Vielleicht sollten wir das Geld für einen wohltätigen Zweck zur Verfügung stellen«, schlug Knecht Ruprecht vor.
»Erst einmal sollten wir eine Kneipe finden, die noch auf hat«, sagte der Weihnachtsmann. Sie fanden eine, nahmen ihre Bärte ab, setzten sich und spendierten eine Lokalrunde, bevor sie weiter beratschlagten.

NACHT- UND REISELIED EINER SCHWEBENDEN BAMBUSBÄRIN:

Komm, es ist spät geworden,
wir müssen jetzt nach Norden,
halt dich nur richtig fest.
Die Tiere, die wir trafen,
die schweigen längst und schlafen,
wir pfeifen auf ein Nest.

Man kann nicht immer bleiben.
Laß dich nur mit mir treiben,
wir wollen Länder sehn,
wo Milch und Honig fließen
und Bären uns begrüßen,
die auf dem Kopfe gehn.

So ist nun mal das Leben:
Wer schläft, der kann nicht schweben.
Schon wird es langsam hell.
Die Sonne treibt die Kühle
aus Wald und Gras, ich fühle
die erste Wärme auf dem Fell.

Hier ruht Carlo,
der trägste,
ängstlichste und
vorsichtigste
Jagdhund der Welt.
Zu träge, hinter Hasen herzulaufen,
zu ängstlich, den Enten ins Wasser zu folgen,
zu vorsichtig, sich einer Katze zu nähern.
Mit diesem Denkmal ehren wir ihn
und sein Andenken.

Die Hasen
Die Enten
Die Katzen

Der Tag beginnt mit hellem Licht,
mit Krach und Dampfertuten.
Drei Katzen sitzen stumm am Fluß
und schauen in die Fluten.

Die Sonne brennt. Man geht nach Haus,
wo schon die Braten schmoren.
Drei Katzen sitzen regungslos
und spitzen ihre Ohren.

Die Sonne sinkt. Die Nacht bricht an.
Im Walde ruft ein Käuzchen.
Drei Katzen sitzen unverwandt
und lecken ihre Schnäuzchen.

Jetzt ist es dunkel. Alles schweigt.
Der Mond zieht seinen Bogen,
da sagt die erste Katze ernst:
»Man hat uns angelogen.

Es gibt gar keine Wassermaus.
Die hat der Fuchs erfunden.
Und wir, wir glaubten ihm auch noch
und lauern hier seit Stunden!«

Betreten hör'n die andern zu.
Die leeren Bäuchlein schmerzen.
Drei Katzen sitzen stumm am Fluß
und schämen sich von Herzen.

Der Reisende, der soeben den westdeutschen Grenzübergang Herleshausen passiert hatte, wußte, daß ihm eine Verwandlung bevorstand. Er besuchte die DDR nicht das erstemal. Er war darauf vorbereitet, am DDR-Kontrollpunkt Wartha zum Westler zu werden, doch wie bei den vorangegangenen Grenzübertritten beobachtete er diesen Vorgang auch diesmal mit Unbehagen.

Er war nicht gern Westler. Deshalb versuchte er sich darauf hinauszureden, daß nicht er zum Westler wurde, sondern daß die anderen ihn dazu machten. Doch das stimmte nicht. Der Grenzpolizist, der ihn barsch beschied: »Sie dürfen hier nicht einfach die Spur wechseln, das dürfen Sie bei Ihnen in der BRD auch nicht«, war keineswegs der Schuldige, höchstens ein Katalysator. Er setzte einen Prozeß in Gang, auf den der Besucher gewartet zu haben schien und den er sogleich nach Kräften unterstützte. »Mit denen kannst du nicht diskutieren«, beruhigte er seine Begleiterin, die das erstemal einreiste und drauf und dran war, sich über die Tatsache zu erregen, daß es verboten war, von der vollen ersten auf die halbleere zweite Wartespur zu wechseln. »Du brauchst sie dir doch bloß anzuschaun, dann weißt du, daß die rationalen Argumenten nicht zugänglich sind.«

»Sie«, »die« – in Wahrheit machte sich der Reisende selber nach Kräften zum Westler. Vor einer Viertelstunde noch hatte er schneidende Bemerkungen über die Kaputtsanierung bundesrepublikanischer Dörfer und den sinnwidrigen Aufwand von Umgehungs- und Schnellstraßen gemacht, nun kommentierte er das erste DDR-Schlagloch mit dem Hinweis: »In den letzten zwei Jahren sind die hier aber auch kein Stück weitergekommen.«

Die hier kontrollierten derweil seine auf dem Zollbegleitzettel angegebenen Schallplatten und Bücher. Der Besucher kramte sie eilfertig hervor, gab eifrige Hinweise zur ganz harmlosen, ganz und gar unpolitischen Art der Kulturgüter, ja er belachte sogar lauthals die bei Licht besehen nicht allzu witzige Bemerkung des Grenzbeamten, der angesichts eines Aktbildes von Francis Bacon erklärte, fürs Bett sei die wohl nichts.
»Mußtest du dich denn derart devot verhalten?« wollte die Begleiterin vom Westler wissen, während sie auf ihre Papiere warteten.
»Wer war denn da devot?« fragte der mit gespielter Empörung zurück und wußte doch, daß der Vorwurf zu Recht bestand. Er schämte sich ja selber für die Zuvorkommenheit und Eilfertigkeit, mit der er Papiere bereithielt, den Kofferraum öffnete und Taschen auspackte. Daß andere Westler den DDR-Grenzern noch zuvorkommender zur Hand gingen, war nur ein schwacher Trost. Die Deutschen waren nun mal geborene Untertanen, gewiß, doch untertänig benahm auch er sich; während der Kontrollen und erst recht danach, als er zu seinem eigenen Erstaunen auch noch lobende Worte für die Tatsache fand, daß ihm kein einziges Druckerzeugnis weggenommen worden war, nicht einmal das ›FAZ-Magazin‹: »Die waren aber sehr korrekt heute!«
»Was ist denn daran korrekt, wenn sie dir das ›FAZ-Magazin‹ nicht wegnehmen?«
»Die müßten das eigentlich tun.«
»Was? Den Gedankenaustausch verhindern?«
»Welchen Gedankenaustausch denn? Seit wann finden sich im ›FAZ-Magazin‹ Gedanken?«
»Dann hätten sie erst recht keinen Grund, es wegzunehmen.«
»Das nicht. Aber sie haben ihre Vorschriften.«

»Und die findest du in Ordnung?«
»Vorschriften gibt's überall.«
»Aber doch nicht solche!«
»Doch!«
»Wo denn?«
Der Westler wollte gerade zu einem längeren Exkurs über die objektive Gefährlichkeit gewisser BRD-Publikationen ansetzen – »Nimm nur Springer« –, schon fühlte er sich nicht mehr als Partei, sondern als objektiver Sachwalter der Interessen aller fortschrittlich gesinnten Deutschen, als ihn ein DDR-Verkehrspolizist jäh an den Straßenrand winkte. Er habe die vorgeschriebene Geschwindigkeit überschritten, sei 51 statt der zulässigen 40 Stundenkilometer gefahren, das mache 30 Westmark.
»Vierzig Stundenkilometer! Auf der Autobahn! Denen ist aber auch jedes Mittel recht, an unser Geld zu kommen!« empörte sich der Reisende, ohne den Beschwichtigungsversuchen seiner Begleiterin Gehör zu schenken. Jetzt war er wieder ein Westler, und er wurde es um so mehr, je näher er seinem Zielort kam, Bad B., dem Wohnsitz seines Vetters und Gastgebers.
Alles entzückte ihn: die Landstraße, die sich schmal und holprig durch die liebliche Maienlandschaft wand, die würdigen Kradfahrer im enggeschnürten Sturmmantel, die so gar nichts vom grellen Sport- und Freizeitgehabe westlicher Motorradrabauken an sich hatten, die wackligen entgegenkommenden Autos, die er sachkundig als »Trabis« klassifizierte, und vor allem die so wunderbar intakten Dörfer, deren Silhouette sich schön deutlich vom umgebenden Grün der Felder und Obstbäume abhob, ohne daß Neubauten oder gar modernistische Kirchen den klaren Umriß verschandelten.
»Was ist denn daran intakt?« wollte die Begleiterin wissen, als sie

eines der Dörfer durchquerten. »Ich finde hier alles reichlich verrottet.«

»Genau so sahen die Dörfer meiner Kindheit aus.«

»So kaputt?«

»So heil. Sieh doch nur: die haben hier noch richtige Vorgärten. Und Holzzäune. Und Obstbäume. Und Fachwerk.«

»Und überall fällt der Putz runter!«

»Immer noch besser als die eternitverkleideten Dorf-Butzen bei uns, mit ihren Panorama-Scheiben und den kupfergefaßten Kunstglas-Chichi-Türen.«

»Frag mal einen der Dörfler hier, was der von dieser ästhetizistischen Betrachtungsweise hält!«

»Ich sehe das alles nicht mit dem Blick des Ästheten, sondern mit den Augen der Liebe.«

»Das glaubst du doch selber nicht.«

»Klar glaube ich das.«

Er glaubte es und wußte dennoch, daß er nicht die Wahrheit sagte. Es war nämlich, aber das mochte er nicht einmal sich selber eingestehen, die Brille des Ethnologen, durch die er Dörfer und Menschen betrachtete, stets auf der Suche nach Spuren erhaltener Unschuld und vorindustrieller Schönheit. Die Eingeborenen freilich – aber machte nicht gerade das ihre Unschuld aus? – wußten gar nicht, wie schön sie es hatten. Und der Reisende – aber machte das wiederum nicht den Forscher aus? – war herzlich froh, wenn er nach einem ebenso kurzen wie enthusiastischen Rundgang durch eines der Dörfer wieder in seinen ›Golf‹ steigen und weiterreisen konnte. Nichts wie weg! Außerdem erwartete ihn sein Vetter.

Der Westler hat viele Gesichter. Vom Forscher wandelte er sich unversehens zum Krösus, als er vor dem Hause des Vetters vorfuhr.

Nein, was er nicht alles mitgebracht hatte! Der Westler wand sich ein wenig. Er spielte Wert und Preis der Geschenke herunter und wußte doch, daß sie für die Beschenkten unbezahlbar waren. An Ananas mochten sie ja noch hin und wieder und mit Müh und Not rankommen, nach der letzten Pink-Floyd-Platte aber konnten sie lange suchen. Ein großer Glanz umgab den Westler, ihn, den Sendboten einer Welt, in der all diese Herrlichkeiten im Laufe eines Vormittags mühelos zusammenzuraffen waren.

Der Westler versuchte, etwas von seinem Glanz an die Gastgeber abzugeben. Er verlegte sich aufs Lob dessen, was sie ihm auftischten und vorzeigten. Die Rotwurst sei aber sehr gut, dergleichen würde man in seiner Heimatstadt M. vergeblich suchen. Das war die Wahrheit. Ja, die neue Schleiflackanrichte gefalle ihm ausgezeichnet. Das war gelogen, doch je eindringlicher sein Vetter ihm von den Schwierigkeiten erzählte, die das Ergattern dieses Möbels bereitet hatte – »Ohne Vitamin B wäre da gar nichts gelaufen!« »Vitamin B?« »Beziehungen!« –, desto nachdrücklicher beharrte der Westler auf seiner Lüge: »Doch. Sehr schön. Wirklich.«

»Na, bei euch gibt es natürlich noch ganz andere Möbel«, sagte der Vetter, wie um sich zu entschuldigen. »Stimmt«, dachte der Westler mit Grausen, laut aber sagte er: »Ach nee, eigentlich nicht.« »Na komm!«

Während sich die Begleiterin in der Küche nützlich machte, blätterte der Westler im ›Neuen Deutschland‹. Im Palast der Republik hatten die Beratungen des XII. Bauernkongresses der DDR begonnen. Immer verträumter glitt das Auge des Lesenden über die seitenlangen Berichte.

Heile Welt auch hier. Schon die fettgedruckten Zwischenüberschriften dienten nicht der Anstachelung unguter Neugier, wie es der Westler von seinen Westzeitungen gewohnt war, sie waren unanfechtbare Wahrheiten und teils anfeuernde, teils bestätigende Losungen. ›Der Boden ist und bleibt unser größter Reichtum‹ hieß eine, ›Gesunde Tiere durch liebevolle Pflege‹ eine andere, und genauso gemächlich flossen die Ausführungen des Landwirtschaftsministers Heinz Kuhrig dahin, ein nichtendenwollender, durchweg optimistischer Redestrom, den lediglich die Zustimmung der Zuhörenden hin und wieder zu stauen imstande war: »Lang anhaltender, stürmischer Beifall auf das Zentralkomitee und seinen Generalsekretär.«

Besonders letzterer hatte aber auch, glaubte man Kuhrig, jeden Beifall verdient, der schien sich um wirklich alles zu kümmern: »Die Bauern haben sehr wohl die Worte des Genossen Erich Honecker verstanden, daß heute das Getreideproblem in seiner Rangordnung durchaus mit dem Erdölproblem verglichen werden kann. Darum lautete das Echo auf die Worte unseres Generalsekretärs aus vielen Dörfern: Laßt uns das Getreide wie das Erdöl achten und das Erdöl wie das Getreide.«

Welch ein Land! Was für Echos! Und wie sich der Generalsekretär auch noch der geringsten Kleinigkeiten annahm: »Auf dem XI. Bauernkongreß hatte uns Genosse Honecker auf die blauen Flekken der Kartoffeln hingewiesen und darauf aufmerksam gemacht, daß es nicht nur auf die Menge ankommt, sondern auch auf die Qualität.« Auf dieses Ziel sei hingearbeitet worden. »Aber um der Wahrheit die Ehre zu geben: Es gibt immer noch einige blaue Ränder und damit absolut keinen Grund zur Selbstzufriedenheit.«

Der Westler freute sich über die blauen Ränder und wollte seine Freude mit dem Vetter teilen. Der aber saß im Nebenzimmer

und sah die ARD-Tagesthemen an. »Auf die steh ich«, sagte er und zeigte auf eine Frau, die Nachrichten vorlas. Wer denn das sei, wollte der Westler wissen. »Aber das ist doch Barbara Dickmann. Die kennst du doch!« Der Westler, der kaum fernsah, kannte sie nicht, und für einen Moment kehrten sich die Rollen um. Der Gastgeber erklärte dem Gast die Feinheiten westlicher Nachrichtenvermittlung und die ihrer unterschiedlichen Sprachrohre. Der Gast wollte sich mit einem Lob des ›Neuen Deutschland‹ revanchieren, doch das wiederum las sein Vetter nicht.
»Das ND? Das muß ich beziehen, aber da steht ja nichts drin.«
Auch später, als der Westler sich seiner Begleiterin mitteilen wollte, hatte er kein Glück. »Du, ich mag das ND wirklich. Es strahlt eine solche Ruhe aus. Unsere Zeitungen dagegen möchte ich gar nicht mehr aufschlagen. Die schwächen mich nur. Vom ganzen EG-Hickhack beispielsweise begreife ich kein Wort. Ich weiß lediglich, daß ich schließlich der Dumme sein werde. Hier dagegen ... Ein Staatsratsvorsitzender, der sich um blaue Ränder kümmert! Unter blauen Rändern kann ich mir doch noch was vorstellen. Hat sich Helmut Schmidt jemals um blaue Ränder gekümmert?«
»Komm! Du wärst der erste, der nach einer Woche ND-Lektüre durchdrehen würde!«
»Würde ich nicht.«
»Spätestens nach einem Monat.«
»Nach einem Monat? Früher! Viel früher!«
Der Besucher kam einfach nicht mehr aus seiner Westler-Haut. Fast jedes Gespräch lief auf Vergleiche hinaus, und fast immer fielen sie zu seinen Gunsten aus. Richtiger: zugunsten des Westens; doch da der Westler aus dem Westen kam, waren sogar die Erfolge westlicher Straßenbelagshersteller seine Erfolge. »Unsere Straßen« – der Straßenbauer, den der Westler bei seinem Vetter ken-

nengelernt hatte, schüttelte düster den Kopf und beklagte das Fehlen gewisser Materialien, das es unmöglich machte, Straßen zu bauen, die bei Hitze nicht an beiden Rändern schwarz und klebrig ausliefen. »Sie im Westen, Sie bauen wenigstens noch richtige Straßen!« Der Westler horchte verwundert in sich hinein. Er spürte, wie sich da leiser Stolz regte. Stolz auf ausgerechnet jene Straßen, die er im Westen doch nur mit Ingrimm befuhr. Er versuchte sogleich, den Stolz zu bekämpfen, aber ganz totzukriegen war der nicht.

Am nächsten Tag erwartete den Besucher eine Enttäuschung. Er hatte das Kriegsende in Bad B. erlebt, war seitdem hin und wieder zu Besuch gekommen und hatte stets zufrieden feststellen können, daß kaum Veränderungen wahrzunehmen waren, von spärlichen Neubauten oder wenigen neuverputzten Fassaden abgesehen. Auf den ersten Blick fielen dem Westler auch diesmal keine Neuerungen ins Auge. Auf dem Wege zur Anmeldestelle begeisterte er sich für die würdigen Straßenzüge der Innenstadt; eindringlich hielt er die widerwärtigen Fußgängerzonen vergleichbarer westdeutscher Städte dagegen, diese durch Marktschreierei, Profitgier und Nostalgie-Nepp heruntergekommenen Konsum-Disneylands, und stieß bei seinem Vetter doch nur auf wortkarges Unverständnis und weitere Entschuldigungen: »Ja, es ist alles sehr grau hier. Aber warst du schon mal in Ostberlin? Da haben sie ein paar tolle Sachen hingestellt, fast wie bei euch.«
Aber etwas Schönes habe auch Bad B. aufzuweisen, erklärte der Vetter auf dem Rückweg und führte die Besucher durch ein abseits gelegenes Neubauviertel, in dem es wie durch ein Wunder all das gab, woran es sonst so mangelte. Aus Baumaterialien aller Art entstanden dort geradezu prächtige Eigenheime, bei jeder Baustelle

wußte der Vetter Namen und Grad der Privilegiertheit des Bauherrn zu nennen: »Der hier leitet die Reparaturbetriebe der XY-Werke, da wird unter der Hand getauscht, Ersatzteile gegen Ziegel, und der da ...« Der da, ein hohes Tier aus der Verwaltung, war dabei, eine Scheußlichkeit zu errichten, die seinem Rang in Höhe und Breite durchaus angemessen war, sogar einen riesigen, in Naturstein gefaßten Außenkamin gab es, von dessen Anblick sich der Vetter kaum losreißen mochte. »Doch. Ein tolles Haus«, sagte der Westler nach längerem Schweigen.

»Warum hast du denn nicht gesagt, wie du das Haus wirklich findest?« wollte seine Begleiterin von ihm wissen, als sie wieder alleine waren.

»Komm, das bringt doch nichts.«

»Bringt es denn was, wenn du jeder Auseinandersetzung aus dem Weg gehst?«

»Welcher Auseinandersetzung denn?«

Der Westler begriff natürlich, welche Auseinandersetzung seine Begleiterin meinte, doch zugleich wußte er nur zu gut, daß sie sinnlos war. Er hatte es hier, wie er immer wieder bedauernd feststellen mußte, keineswegs mit edlen Wilden zu tun, die freiwillig den so trügerischen Segnungen des Konsumismus und des entfesselten Kapitals entsagten. Was ihn jubeln ließ, machte sie leiden. Was er so sehr am real existierenden Sozialismus schätzte, dessen Veränderungen abholde Tranigkeit, stellte sich ihnen als lähmende Ineffizienz dar. Würde man sie machen lassen, Bad B. sähe im Handumdrehen so aus wie Bad Homburg; nur der Mangel, nicht etwa bessere Einsicht hielt sie zurück. So blieb es bei unausgesprochenen Vorhaltungen, für die sich der Westler dann auch noch schämte – mit vollem Bauch läßt sich leicht Askese predigen; und der Gast wußte ja nicht einmal, ob er es auch nur einen Monat

lang in einem Lande aushalten könnte, in dem der Tag mit dem ›Neuen Deutschland‹ begann und ohne Kneipenbesuch endete, da fast alle gastronomischen Betriebe um acht Uhr abends dichtmachten.
Ganz zu schweigen von sehr viel bedrängenderen Realitäten. Abends, bei Bier und – für die Gäste das Beste – viel zu reichhaltigem Essen, listeten die Besucher und die Besuchten die Vor- und Nachteile der Gesellschaftssysteme auf, doch so sehr der Westler mitzuhalten suchte, so sehr er gegen Stasi-Überwachung das BKA, gegen Konsumgüterknappheit die Inflation, gegen niedrige Löhne die Arbeitslosigkeit und gegen den Lärm russischer Hubschrauber die Startbahn West ins Feld führte – den Ausschlag gab doch stets, daß er es war, der hier zu Besuch weilte, während die Gastgeber auf die Möglichkeit des Gegenbesuches lange warten konnten. »Welches ist der größte Fluß der Welt?« fragte ein anwesender Freund der Familie und reichte sogleich die Antwort nach: »Die Elbe. Es dauert sechzig Jahre, bis man drüben ist.«
»Wieso?« fragte der Westler. »Ach so«.
Doch obwohl er rechtzeitig begriffen hatte, daß der Witz auf das Rentenalter anspielte, auf die magische 60-Jahre-Marke, von der ab grenzüberschreitende Reisen wieder möglich waren, unterlief ihm noch am selben Abend die Taktlosigkeit, auf die Frage nach der Dauer der morgigen Heimreise zu antworten: »Wenn an der Grenze nicht viel los ist – so drei bis vier Stunden.« Möglich, daß seine Gastgeber diese leichthin gesagte Auskunft gar nicht als Taktlosigkeit empfanden, doch kaum daß sie ihm entschlüpft war, kaum daß er den warnenden Fußtritt der Begleiterin verstanden hatte, bereute der Westler seine Worte. Beim Knastbesuch erzählte man dem Einsitzenden doch auch nicht, wie flink man jetzt dank der neuen Schnellstraße wieder daheim wäre.

»Tut mir ja auch leid«, versuchte er sich beim Zubettgehen vor der Begleiterin zu rechtfertigen. »Aber worüber kann man denn hier noch unschuldigen Herzens reden? Die hilfreichen Themen der entspannten Gespräche im Westen – hier entfallen sie doch allesamt. Reisen entfallen, hier, wo Polen für die Hiesigen schon zu ist und Ungarn dem Vernehmen nach bald zu sein wird. Autos entfallen, hier, wo die Lieferfristen bis zu zwanzig Jahre betragen. Restaurants und Freßtips entfallen, hier, wo man sich bereits ein Jahr zuvor in besseren Lokalen anmelden muß, will man die Seinen zur Jugendweihe dorthin ausführen.«

»Als ob du im Westen dauernd über Reisen, Autos und Fressen redest.«

»Mach ich auch nicht, aber hier wird dauernd über Reisen, Autos und Fressen geredet, richtiger darüber, wie schwer das alles zu kriegen ist. Und ich habe immer das Gefühl, mir auf die Zunge beißen oder mich meiner Privilegien schämen zu müssen.«

»Die hast du nun mal.«

»Ich will sie aber nicht.«

»Im Westen hast du auch welche.«

»Da fallen sie aber nicht so auf. Da macht mich mein ›Golf‹ unsichtbar, hier stempelt er mich als Privilegierten ab.«

»Du wärst in jedem Gesellschaftssystem privilegiert. Auch wenn du hier leben würdest.«

»Dann müßte ich SED-Mitglied sein. Seh ich so aus?«

»Irgendwas würde dir schon einfallen.«

»Würde mir nicht.«

Als der Westler vor dem Einschlafen noch in den ›Thüringer Neuesten Nachrichten‹ las, fiel ihm aber doch was ein. »Wenn ich hier leben müßte, wäre ich Maler!« sagte er seiner Begleiterin angeregt, die schläfrig »Wieso?« fragte. »Hör mal: Bauern als Gäste im Atelier des Künstlers Peter Kraft, Gera. An 32 Auftragswerken arbeiten gegenwärtig bildende Künstler des Bezirks Gera. Auftraggeber sind neben dem Rat des Bezirks auch Betriebe der Industrie und Landwirtschaft, die mit dreizehn bildenden Künstlern außerdem Komplexverträge über eine längere Zusammenarbeit geschlossen haben. Zu den in jüngster Zeit fertiggestellten Auftragswerken gehören die des Geraer Malers Peter Kraft. Seine Partner waren die Genossenschaftsbauer der LPG Triptis im Kreis Pößneck, die auch den Platz für die zwei Tafelbilder auswählten für den Saal ihres Kulturhauses in Miesitz.«

Da seine Begleiterin vernehmlich gähnte, versicherte der Westler hastig »Das beste kommt ja noch«, dann las er mit erhobener Stimme weiter: »Eines der beiden Tafelbilder zeigt die typische Thüringer Landschaft, über deren Feldern ein schweres Gewitter heraufzieht. ›Diese Naturerscheinung ist für mich, und ich hoffe auch für andere Betrachter, von starkem Symbolgehalt. Ich glaube, jeder politisch interessierte Mensch kann ermessen, welche Bedrohung des Friedens und damit auch der friedlichen Landschaft gegenwärtig vom Imperialismus ausgeht‹, sagte der Künstler ...«

»Welch ein Schlitzohr!« sinnierte der Westler, als das erwartete Gelächter der Begleiterin ausblieb. »So würde ich es auch halten: Blumentöpfe malen und dann behaupten, sie würden das Blühen der Künste im Sozialismus versinnbildlichen. Oder Kleinkinder – und die als den Neuen Menschen verkaufen. Oder Maulwürfe ...«

»Wieso denn Maulwürfe?«

»Ja! Maulwürfe! Das bekannte Symbol westlicher Wühlarbeit!«

Als sich der Westler am nächsten Tag verabschiedete, hatte er noch einmal ein schlechtes Gewissen – immer konnte er abreisen, immer mußten die zurückbleiben. Dann, als er die Grenze überquert hatte, atmete er auf. Eben noch hatte er die Unzulänglichkeit der

Hinweisschildchen an den DDR-Grenzgebäuden belächelt – »Guck mal, wie die ›Zur Zollkontrolle‹ schreiben! Von Hand und mit gotischen Lettern!« –, und schon war er wieder bereit, jedes Piktogramm am neugestalteten westdeutschen Grenzübergang persönlich zu nehmen: »Diese Effizienz! Diese Klobigkeit!« Auch erbosten ihn die kontrollierenden Polizisten: »Weshalb werden wir hier eigentlich kontrolliert? Wenn man unseren Politikern glaubt, gibt es doch gar keine zwei Deutschlands. Und wo keine zwei Länder sind, dürfte es doch auch gar keine Grenze geben – oder?«

Es gab sie aber, in der Realität, im Kopf, ja selbst im Bauch. Erleichtert spürte der Reisende, daß er nun nicht mehr Westler, sondern zu Hause war. Da, wo ihn wieder bekannte Gegner, vertraute Verwüstungen und klare Empfindungen erwarteten. All das jedenfalls erhoffte der Heimgekehrte, und bisher hatten ihn seine Hoffnungen noch nie getrogen.

(1982)

DES PÖBELS KERN

Um es gleich zu sagen: Steine habe ich nicht geschmissen. Auch keine Stinkbomben oder Kanonenschläge. Doch ich war einer der »rund vierhundert Punker und Rocker« (Bild), nein, einer der »etwa achthundert Krakeeler« (Frankfurter Allgemeine Zeitung), nein, einer der »weit mehr als tausend Menschen« (Neue Presse), nein, einer der »etwa 1500 Zuschauer« (Frankfurter Rundschau), die hinter der Absperrung standen, als die etwa 2600 festlich gekleideten Gäste des ›Ersten Internationalen Frankfurter Opernballs‹ ihren Gang vom Autohalteplatz zum Portal des feenhaft erleuchteten Gebäudes antraten. Vierzig Meter nur, doch werden diese vierzig Meter manchem der Schönen und Reichen schier endlos vorgekommen sein. Waren sie doch »eine Zone der Häme, der Infragestellung« (Frankfurter Rundschau), warteten da doch »Zaungäste auf die Festgäste, um sie zu beschimpfen« (Neue Presse), wurde doch der »Weg zum Opernhaus zu einem regelrechten Spießrutenlaufen« (Bild), »tobte« doch »im dunklen Kreis vor der Absperrung das Geschrei der Hölle« (FAZ). Und wer war daran schuld? Die Häßlichen und Besitzlosen: »Neider« (Frankfurter Rundschau), »gewalttätige Demonstranten« (Abendpost), »gewalttätige Chaoten« (Bild), »heulende Derwische« (FAZ), »150 bis 200 Personen der Szene, die als Krawallmacher bekannt sind« (ein Polizeisprecher) – mit einem Wort: der Pöbel. Und ich, schlimm, schlimm, immer mittenmang. Fühlte mich, schlimmer noch, unter diesen Säuen ganz kannibalisch wohl, obwohl ich doch eigentlich nur einen Freund hatte treffen und dann unverzüglich ein Wirtshaus aufsuchen wollen.

Was bewog mich zu bleiben, frage ich rückblickend. Wieso nahm

ich geschlagene anderthalb Stunden an diesem nichtsnutzigen Spektakel teil? Trotz der Kälte, des Hungers und des sich ständig mehrenden Polizeiaufgebots?
Schaulust, belüge ich mich. Schließlich sieht man so etwas nicht alle Tage: Zylinder, Roben, Ausgeh-Uniformen, einen britischen Prinzgemahl gar. Als ob ich mich je für diesen Tinnef interessiert hätte.
Kritische Zeugenschaft, versuche ich mir weiszumachen. Man wird doch wohl noch wissen dürfen, wie das Gesicht dieser herrschenden Klasse aussieht, die locker 300 Mark Eintritt und 250 Mark für den Sitzplatz löhnt, um mitten in Frankfurt vor aller Augen den ergaunerten Mehrwert auf den Kopf zu hauen. Als ob nicht jedes Bankgebäude der Stadt eine deutlichere Sprache redete.
Nein, es war das ganz und gar pöbelhafte Benehmen des Pöbels, das mich zum Bleiben bewog. Nicht die in allen Blättern kolportierten Steinwürfe – ich sah keine – oder die Kanonenschläge – ich hörte nur einen – machten das Gaffen so unterhaltsam, sondern all der Lärm und all das Geräusch, das der Pöbel nach altehrwürdiger Pöbelmanier produzierte: »Pfeifkonzerte«, »Gejohle« und »Schmährufe«. Wobei sich der Pöbel, Gott sei's geklagt, im Laufe des Abends deutlich steigerte. Noch um halb acht, als Prinz Philip vorfuhr, konnte man ihn eigentlich kaum als richtigen Pöbel bezeichnen, da glich die Geräuschkulisse noch sehr der eines ganz beliebigen Fußballplatzes: Trillerpfeifen und Buhrufe. Doch je später der Abend, je zahlreicher und strahlender die Gäste, desto schmutziger, bilderbuchhafter und festumrissener formte sich die Menge der einzelnen Schaulustigen zur Masse des Pöbels, der offensichtlich zusehends darauf aus war, seinem Namen alle Ehre zu machen.

»Es liebt die Welt, das Strahlende zu schwärzen –«, wohl wahr. Rudel schwarzgekleideter Herren – schließlich war Frack angesagt – wurden mit dem Ruf »Schwarzer Block, Schwarzer Block« begrüßt. Schönen und schön dekolletierten Frauen wurde ein ganz unpassendes »Peepshow, Peepshow« entgegengerufen. Eilte, was häufiger vorkam, ein Mann mit zwei Frauen auf die Oper zu, brachte der Pöbel diesen Vorgang auf die äußerst gemeine Formel »Dreierbob, Dreierbob«. Alles im Chor, wohlgemerkt, durchsetzt von pöbelhaften Einzelrufen wie »Hand vom Sack« – wenn da ein unschuldiger Gast die Hand in der Hosentasche verbarg, »Versager« – wenn da ein Mann ganz ohne Frau den Festplatz ansteuerte, »Gradehalten« – wenn sich da einer nicht gradehielt.
»– und das Erhabne in den Staub zu ziehen«, leider, leider. »Amis raus aus El Salvador und der Oper« – diese äußerst unrhythmische Aufforderung mag einer der zahlreichen amerikanischen Militärs in Gala-Uniform vielleicht gerade noch begriffen haben. Was aber sollte er mit dem sehr viel flüssigeren Sprechchor »Geht doch alle rüber!« anfangen? Der Pöbel jedoch schrie's und amüsierte sich königlich. »Das ist euer letzter Ball!« – schierer Voluntarismus, gewiß, doch immerhin eine einigermaßen deutliche Aussage. Auch deutlich einzuordnen: So spricht der Systemveränderer. Viel schreckerregender aber wirkten offensichtlich so rätselhafte Sprüche wie »Ausziehn, Ausziehn« oder »Liften, Liften« oder auch »Schneller, Schneller, Schneller«. Da konnte es schon passieren, daß Gäste wirklich schneller dem rettenden Portal zustrebten, daß ein Schuh hängenblieb oder ein Zylinder herabfiel – man erspare es mir, das jeweilige »Freudengeheul« des Pöbels zu schildern. Es war schrecklich. Schrecklich mitreißend.
Seit jenem Abend bin ich gegen Opernbälle. Der Auftrieb der Feinen schweißt die Unfeinen zusammen. Hohe Eintrittspreise wek-

ken niedrigste Instinkte. Glanz erst läßt die Finsteren ihrer ganzen Finsterkeit innewerden. Und sie haben auch noch Spaß dabei!

Denn in einem Punkt sollte sich niemand etwas vormachen: Neider waren das nicht, die da pöbelten. Die wären den Reichen nicht für Geld in die Oper gefolgt. Wo es übrigens, glaubt man der FAZ, fix dröge zugegangen sein muß: »Viele Gäste waren noch Stunden nach Beginn des Festes über die Vorfälle empört, die eine den Ball verachtende schreiende Minderheit verursacht hatte« – wenn die kein anderes Gesprächsthema gehabt haben!

Während der Pöbel mal wieder kostenlos voll auf seine Kosten kam. Da war hinterher keiner empört, glaube ich. Die kommen das nächste Mal alle wieder, fürchte ich. Denen sollte man das Handwerk legen, empfehle ich. Mein Rat: Macht euren Opernball irgendwo, wo es nicht so auffällt. Aber doch nicht ausgerechnet in der Oper!

(1982)

NEULICH NACH BÜROSCHLUSS

... für den schönsten der Welt halten mögen – für mich jedenfalls ist es der schönste Schnabel der Welt!

Vier Stunden später...

ELCH, BÄR, BIBER, KRÖTE

Das Paar stand an dem kleinen Waldsee, an welchem es schon so oft gestanden hatte, und blickte, wie so oft schon, auf das gegenüberliegende Ufer. Beide hatten gerade gebadet, nun ließen sie sich von der Sonne trocknen. Das gegenüberliegende Ufer befand sich im Schatten, nur in den Kronen größerer Bäume fing sich gleißend das Licht der hoch stehenden Sonne. Stunde des Pan, kein Geräusch außer dem Geraschel der Eidechsen im trockenen Gras, keine Bewegung außer dem unsteten Flug der Libellen über dem blendenden Wasser. Kein Anlaß, irgend etwas zu sagen, was nicht hundertmal gesagt worden war. Daß es doch an ein Wunder grenze, daß sie die einzigen an diesem schönen See seien, mitten im Sommer und mitten in Italien, sagte sie. Daß heute besonders viele besonders schöne Libellen unterwegs seien, sagte er. Daß sich der gegenüberliegende Wald ganz außerordentlich schön spiegle, versicherten sie einander. Daß es überhaupt nicht schöner sein könnte, bemerkte sie derart gedankenverloren und abschließend, daß er sich unvermutet genötigt sah, alle noch verfügbaren Geister des Widerspruchs zu mobilisieren.

Oh, er könne sich alles noch viel schöner vorstellen.

Wie?

Dort – er zeigte auf eine Lichtung des gegenüberliegenden Ufers – könnte ein Elch aus dem Wald treten, um ein Bad im See zu nehmen. Und da – er deutete auf eine kleinere Bucht – könnte ein Braunbär nach Fischen Ausschau halten. Und hier schließlich – er wies auf einen kleinen Pfad, der zum See führte – könnte ein Biber seinen Geschäften nachgehen.

»Ein Biber?«

Oder mehrere Biber. Wobei er nicht auf mehrere Biber fixiert sei. Auf *einem* Biber freilich müsse er bestehen. Und auf einem Braunbär. Und auf dem Elch sowieso.

Ein Leuchten teilte die Wasseroberfläche. Für einen Augenblick stand ein glänzender Fisch senkrecht vor dem Dunkel der sich spiegelnden Bäume. Gleich darauf fiel er hörbar zurück, dann waren da nur noch Wellenkreise, die sich stetig ausdehnten.

»Was du dir da gewünscht hast, den Elch, den Bär und den Biber, das soll in Erfüllung gehen«, sagte sie leichthin.

»Und zwar zu deinem nächsten Geburtstag.«

Er hörte ihr zu, ohne den Blick vom Wasser zu wenden. Immer noch waren da Wellenkreise zu sehen, doch nun verloren sie sich unmerklich.

»Und was wünsche ich mir?«

Er riß den Kopf herum und starrte sie entgeistert an. »Was heißt das: Und was wünsche ich mir?«

Träge wandte sie sich ihm zu.

»Du hast dir was gewünscht – jetzt kann ich mir auch etwas wünschen.«

»Du? Wieso denn?«

»Wieso denn nicht? Oder glaubst du, nur du könnest dir hier was wünschen?«

»Könnest?« fragte er mit schlecht verhohlener Ironie.

»Könnest?«

»Dann eben: kannst.«

»Könntest immer noch, könntest.«

»Na gut. Könntest du eben nämlich nicht.«

»Kannst. Das heißt: Ich könnte es schon, doch du kannst dich leider nicht jenseits jeglicher Grammatik verständigen. Nach der aber lautet deine Frage plus Aussagesatz – abgesehen davon, ob

das alles inhaltlich zutrifft –: Oder glaubst du, nur du *könntest* dir hier was wünschen? Nein, das *kannst* du nicht.«
»Kannst du auch nicht.«
Erregt setzte er sich auf. Ob sie denn wisse, was sie da rede?
»Aber klar weiß ich das. Jetzt bin ich nämlich mit Wünschen dran. Und deshalb wünsche ich mir, daß dort –«
Aber er habe sich doch überhaupt nichts gewünscht, fiel er ihr schneidend ins Wort.
»Nein?«
Nein! Er habe den See lediglich mit sehr persönlichen Bildern seiner Einbildungskraft besetzt, mit Wunschvorstellungen –
»Also doch mit Wünschen«, sagte sie heiter.
Eben nicht! Sie erst habe aus den Wunschbildern schlichte Wünsche gemacht. Schlimmer noch: sie habe sich seiner Phantasien bemächtigt, und das gleich in dreifacher Weise. Zuerst habe sie seine urpersönlichsten Bilder zu Wünschen degradiert, sodann habe sie sich die Fähigkeit angedichtet, diese selbstgeschaffenen Wünsche zu erfüllen, und schließlich habe sie sich auch noch das Recht angemaßt, sich ihrerseits etwas zu wünschen.
»Das mache ich jetzt auch«, erklärte sie mit strahlender Bestimmtheit. »Dort« – sie zeigte auf eine kleine Holzbrücke, die über den auszementierten Abfluß des Stausees führte – »dort sollen zwanzig Erdmännchen sitzen. Und zwar alle auf den Hinterpfoten und alle die Köpfe der Sonne entgegengereckt.«
»Da werden keine Erdmännchen sitzen!« Er war aufgesprungen und hatte damit begonnen, stampfend auf und ab zu gehen. Erdmännchen kämen überhaupt nicht in Frage, wiederholte er, die Fäuste ballend, von wegen Erdmännchen!
»Wieso denn nicht?«
Ja, ob sie denn gar nicht begriffen habe, was all seine Tiere mitein-

ander verbinde? Ob ihr das seiner Vision zugrundeliegende Muster denn so gänzlich verborgen geblieben sei?

»Vision?«

»Dann eben nicht Vision. Auf jeden Fall waren meine Tiere alles nordische Tiere. Ausdruck meiner Nordsehnsucht, wenn du so willst. Und ich kann es ganz einfach nicht dulden, daß du dich da mirnichtsdirnichts mit südafrikanischen Wühlmäusen einklinkst.«

»Erdmännchen immer noch.«

»Dann eben Erdmännchen.«

Sie zupfte das Handtuch zurecht, legte sich auf den Bauch und bettete den Kopf in die verschränkten Arme. Ein Auge auf den immer noch Stehenden gerichtet, sagte sie versöhnlich: »Aber wenn es unbedingt nordische Tiere sein müssen, dann wünsche ich mir eben zwanzig Lemminge.«

Er wandte sich jäh ab. Als ob er den See zum Zeugen anriefe, breitete er die Arme aus. Die gespreizten Hände schüttelnd, setzte er zu einem leidenschaftlichen Plädoyer an. Daß ihm hier Unrecht angetan werde, rief er in die Stille. Daß es nicht um die Frage ›Erdmännchen oder Lemminge‹ gehe, ja daß Lemminge das Unrecht keineswegs milderten, sondern es bis zur völligen Unerträglichkeit verstärkten, da dieses Einlenken schmerzlich die gänzliche Verständnislosigkeit der vermeintlich Einlenkenden offenbare. Daß er sich nicht wegen irgendwelcher Nager errege, sondern deshalb, weil ihm hier das Recht auf eigene Bilder, und das meine zugleich auch auf eigene Geschichte, abgesprochen werde, und das ausgerechnet von einem Menschen, dem er sich nahe geglaubt habe. Daß es offensichtlich gerade diese Nähe sei, die den nahen Menschen dazu ermutige, ja geradezu erfreche, immer näher und näher zu rücken, bis er nicht nur die leibliche Gegenwart des anderen, sondern auch noch dessen Phantasien okkupiere. Daß jener Respekt voreinander, der im sonstigen menschlichen Zusammenleben so fraglos geachtet werde, ausgerechnet dort, wo er die einzige Garantie für das gemeinsame Überleben – richtiger: das Überleben der Gemeinsamkeit – darstelle, fortwährend mit Füßen getreten werde, beim Paar nämlich. Daß kein anderer Mensch der Welt es gewagt hätte, aus der Tatsache, daß er sich was wünsche, ebenfalls Wünsche abzuleiten. Daß dieser Akt totaler Nichtachtung sonst selbstverständlicher Grenzen ausgerechnet ihr vorbehalten geblieben sei. Daß ihre, ja ihre, Erdmännchenherde mehr zertrampelt habe als nur eine flüchtige Laune seiner Einbildungskraft, daß ihm diese unerhörte Nagerinvasion einmal mehr ... einmal mehr – nach Worten suchend ließ er den Blick schweifen, über den See, den Waldrand, die Holzbrücke und die Liegende, die sich bei seinen letzten Worten ein wenig aufgestützt und damit begonnen hatte, einen Turm aus kleinen Steinen zu bauen.

»Einmal mehr?« fragte sie lächelnd.

»Na, du weißt schon.«

»Nichts weiß ich.«

»Und ob du es weißt! Wer, wenn nicht du?«

Am Abend empfing das Paar den Besuch eines befreundeten Paares. Als er damit begann, die Teller abzuräumen und in die Küche zu tragen, fing sie damit an, den Gästen die mittägliche Auseinandersetzung zu schildern; als er den Kaffee auf die Terrasse hinausbrachte, kam er gerade noch zurecht, um entscheidende Einzelheiten richtigzustellen – »Nein, ich habe mir nie einen Elch *gewünscht*, sondern –« und »Nein, nein, sie wünschte sich nicht gleich Lemminge, erst hat sie –« und »Nein, nein, nein, ich habe nichts gegen Erdmännchen, nur ...« – doch während er, durch Zuspruch und Gelächter bestärkt, nach Kräften dazu beitrug, die Vorfälle des Mittags vollständig in Unernst und parodistischen Schaukampf zu überführen, wußte er doch zugleich, daß all die Worte lediglich verhindern sollten, daß das zur Sprache kam, was er bereits am See nicht hatte sagen können. Aber was war das gewesen?

Es fiel ihm wieder ein, als er im Morgengrauen auf die Terrasse trat, um – schlafen konnte er ohnehin nicht mehr – wenigstens einen Blick auf die aufgehende Sonne zu werfen. Da saß auf dem Mäuerchen, auf das er sich hatte setzen wollen, bereits eine große, fahle, braungesprenkelte Kröte, inmitten einer ausgedehnten Lache, an deren Rand etwas lag, glänzend schwarz, gut fingerdick, fast daumenlang, etwas, das sich an beiden Enden verjüngte und an einer Stelle so weit aufgeplatzt war, daß seine Beschaffenheit sichtbar wurde: eine Vielzahl winziger Kügelchen – Kerne? –, auch sie schwarz und glänzend wie Stoff, der sie zusammenhielt und umschloß.
Schon als sich der Frühaufsteher ihr vorsichtig genähert hatte, war die Kröte an den Rand des Mäuerchens gesprungen, nun, da er sich niederließ, um das seltsame Schauspiel in Augenschein zu nehmen, feuchtete sie rasch auch noch diesen Rand ein wenig ein, um sich sodann Hals über Kopf auf die Terrasse zu stürzen, die sie breitbeinig und zielstrebig überquerte, bis sie sich zwischen engstehenden Blumentöpfen verlor.
Jetzt erst konnte der, der die Kröte bei ihren Geschäften gestört hatte, sich eingehender mit den Ergebnissen dieser Geschäftigkeit befassen. Er rollte das glänzende Etwas ein wenig und roch an seinem Finger. Er mochte den Geruch nicht, der fremd und streng war. Er begriff, daß es sich um Krötenkot handelte, und weigerte sich trotzdem, dem Augenschein zu glauben. Er hatte diese Exkre-

mente bereits in den vergangenen Tagen hin und wieder auf der Terrasse gefunden, sie jedoch stets einem weit größeren Tier zugeordnet, dem Stachelschwein, obwohl er sich der Unwahrscheinlichkeit dessen bewußt gewesen war, daß ein Stachelschwein sich so nahe an das Haus gewagt haben sollte. Noch unwahrscheinlicher allerdings schien ihm, daß die Kröte wirklich dieses mächtige Stück Dreck hervorgebracht haben konnte. Das war ja fast so groß wie sie selber! Trotzdem war kein Zweifel möglich, und mit einemmal überkam ihn die Erkenntnis, daß er ein Eingeweihter war. Was er erlebt hatte, hatten nur die wenigsten erlebt. Was er wußte, wußten nur Auserwählte. Auf keinen Fall aber wußte sie es. Sie, deren steter Schlaf ihn die eigene Schlaflosigkeit so deutlich hatte spüren lassen, daß es ihn schließlich nicht mehr im Zimmer gehalten hatte. Sie, mit der er wiederholt an heißen Vormittagen über die Herkunft der merkwürdigen schwarzen Hinterlassenschaften gerätselt hatte, ohne doch deren wahre Herkunft erraten zu können. Nun hatte sich ihm, nur ihm, des Rätsels Lösung enthüllt, während sie, bewahrte er das Geheimnis nur fest genug in seinem Herzen, weiterhin in schwärzester Unwissenheit dahinleben mußte.
Schau mal, das Stachelschwein scheint wieder dagewesen zu sein, würde sie sagen, er aber würde ihre Worte vieldeutig belächeln können: Rede nur, rede, du redest, wie du's verstehst. So vieles hatte er geteilt, freiwillig erst, dann notgedrungen, nun endlich hatte er etwas, das er ganz und gar für sich behalten konnte. Konnte? Mußte! Während sich die Sonne herrlich durch den Kamm des Gebirges fraß, wußte er, was er zu tun hatte. Alles würde gut werden. Hier und heute begann ein neues Kapitel seiner Geschichte, und sie würde niemals sagen können, sie sei dabeigewesen. Äußerlich und innerlich erwärmt, suchte er noch einmal das Bett auf.

Als er es wieder verließ, saß sie bereits am Frühstückstisch. Ob ihr denn nichts aufgefallen sei, wollte er wissen, während er wiederholt auf das Mäuerchen deutete. Ob sie denn der Meinung sei, Stachelschweine könnten so hoch springen, hakte er nach, als sie noch immer nichts begriff. Das sei nämlich so gewesen, begann er eilig, um sogleich eingehend zu beschreiben, von wo er sich genähert, wohin die Kröte sich entfernt und was es mit dem glänzenden Dreck auf sich hatte. Kaum konnte er sich noch ein wenig an ihrem Erstaunen weiden, da trat auch schon das befreundete Paar blinzelnd und grüßend auf die Terrasse.

Als er, um ihnen zuvorzukommen, rasch ins Bad ging, hörte er gerade noch, wie sie den erstaunten Freunden fast triumphierend die Lösung des schwarzen Rätsels mitteilte.

»Es gibt kein richtiges Leben im falschen«, tröstete er sich, während er die Dusche aufdrehte. »Was nicht ist, kann ja noch werden«, dachte er, als er erfrischt am Frühstückstisch Platz nahm und nach dem Yoghurt griff.

So lebten sie weiter.

Mit dem ersten Glockenton

ging der Biber in Pension.
und die Zeit, die ihm noch blieb

folgte er dem Lustprinzip.

DIE BRONZEN VON RIACE

Hermann Marquardt, ein Schriftsteller, blickte nachdenklich auf seinen Schreibtisch. Er hatte soeben eine haßerfüllte Geschichte über seine Frau beendet, nun zählte er die Seiten – es waren zwölf – und überlegte, was er mit dem Manuskript anfangen sollte. Obwohl es ein guter Text war, feurig heruntergeschrieben, in langgestreckten, regelrecht mitreißenden Perioden, kam er für eine Veröffentlichung nicht in Frage, da seine Frau sich zweifellos wiedererkennen und sich im Gegenzug auf irgendeine Art und Weise rächen würde. Die Rache seiner Frau aber ... Marquardt zuckte unwillkürlich zusammen und lauschte. Doch durch die wohlverschlossene Tür seines Arbeitszimmers war kein Laut zu hören, vom Flur nicht noch von der Küche, und einen Moment lang mußte der Schriftsteller über seine Furcht lächeln. Seine Frau konnte ja noch gar nicht zurückgekehrt sein, sie war ja erst vor einer Stunde zu einem Treffen mit ihrer Freundin gegangen und würde schwerlich vor Ablauf von zwei weiteren Stunden wiedereintreffen – wenn alles gut ging, allein, im schlimmeren der Fälle, und der stand zu erwarten, zusammen mit der Freundin.
Um eine Frau und ihre Freundin ging es auch in der Geschichte, die Marquardt soeben beendet hatte, und um einen Schriftsteller, der von den beiden Frauen dazu überredet worden war, zu dritt zu verreisen, nach Florenz, wohin es den Schriftsteller der beiden Bronzen aus Riace wegen gezogen hatte, die dort restauriert und der Öffentlichkeit zugänglich gemacht worden waren. Allerdings nur für kurze Zeit, da sie anschließend zu ihrem endgültigen Ausstellungsort wandern sollten, dem Museo Nazionale in Reggio Calabria, einer Stadt im tiefsten Süden Italiens also.

Aus Zeitungsberichten hatte der Schriftsteller vom Fund der beiden Bronzen auf dem Grunde des ionischen Meeres erfahren, Fotoreportagen über die Florentiner Ausstellung der beiden frühklassischen griechischen Kriegergestalten hatten ihn zunächst neugierig gemacht, dann regelrecht ergriffen. Das Ende der bereits verlängerten Ausstellung nahte, doch von einem Tag zum anderen fiel mal der einen, dann der anderen Frau noch irgendeine unaufschiebbare Nichtigkeit ein, so daß die drei erst am Vorabend des letzten Ausstellungstages in Florenz eintrafen. Am nächsten Tag aber, jenem nun wirklich allerletzten Tage, hatten die Frauen unter Hinweis darauf, daß der Tag lang sei, erst einmal ein ausgedehntes Frühstück, dann diverse Einkäufe von Schuhen, Taschen und Tüchern durchgesetzt, sodann ein Mittagessen in einem schwer auffindbaren Lokal, das aber, laut den Empfehlungen einer gemeinsamen, sehr italienkundigen Freundin, ein absolutes Muß war.
Selbstredend hatte der Schriftsteller es nicht unterlassen, immer häufiger auf die verstreichende, ja vertane Zeit hinzuweisen – das alles könne doch auch noch morgen erledigt werden, die Bronzen aber seien nur noch heute zu sehen –, doch nach dem Mittagessen kam es noch ärger. Denn plötzlich stellten die Frauen übereinstimmend fest, daß irgendwelche Schuhe nicht richtig saßen, irgendwelche Tücher und Taschen nicht zueinander paßten, da sei eiliger Umtausch geboten, sonst verfalle der Kassenzettel, er, der Schriftsteller, habe sie unverzüglich noch einmal in die diversen Geschäfte zu begleiten, schließlich sei er der einzige, der Italienisch könne. Seinem Hinweis aber, die Ausstellung schließe doch um 18 Uhr, begegneten sie mit der übereinstimmend abgegebenen Versicherung, die Hotelrezeption habe ihnen eine ganz anders lautende Information gegeben. An diesem letzten Ausstellungstag

nämlich sei die Ausstellung bis 20 Uhr geöffnet, er solle sich also nicht in die Hose machen.
Trotz unguter Ahnungen vertraute der Schriftsteller dieser Beschwichtigung, trotz seines Drängens zogen sich die Umtauschaktionen und erneuten Einkäufe in die Länge, trotz der Beteuerung der beiden Frauen, sie hätten doch noch Zeit en masse, bestand er immer beschwörender darauf, endlich zum Archäologischen Museum aufzubrechen, dem Ausstellungsort der Bronzen, doch als sich die Frauen zum Aufbruch bequemten, war es zu spät. Die Ausstellung schloß in der Tat bereits um 18 Uhr, und als die drei fünf Minuten vor Toresschluß am Museum eintrafen, da hatten sie es lediglich dem Redeschwall des Schriftstellers und einem mitleidigen Wärter zu verdanken, daß sie von ferne noch einen Blick auf die Heroen werfen durften, die, unberührt von der Hast der nun herausströmenden, regelrecht herausgescheuchten Besuchermenge, die Ruhe selber waren, zwei auf wundersame Weise wiederauferstandene Boten einer versunkenen Zeit, in welcher Künstler es noch vermocht hatten, dem Dasein Dauer und dem Sosein Sinn zu verleihen.
Eine fast wilde Sehnsucht, dem offenbaren Geheimnis dieser handgreiflichen Wunder dadurch auf die Spur zu kommen, daß er sich ihnen näherte, so nah es ging, veranlaßte den Schriftsteller, sich gegen die Herausströmenden zu stemmen; rasch jedoch rief ihn der mitleidige Wärter, nun ganz mitleidslos, zurück, er solle doch vernünftig sein, sie müßten doch schließen, warum er denn nicht früher gekommen sei. Und ungerührt ergänzten die beiden Frauen, was er denn wolle, vom Eingang aus könne man doch alles sehen, und sie hätten doch auch alles gesehen, und das, ohne Eintritt zu zahlen:
»Zwei große, nackte, erstaunlich grüne Männer.«

»Stimmt. Mit erstaunlich kleinen Schniepeln.«

Der soeben reichlich gerafft berichtete Vorgang stellte den Inhalt der zwölfseitigen Geschichte des Schriftstellers dar, gab aber keineswegs deren Gehalt wieder. Den Vorgang hatte Marquardt weitgehend, ja ausschließlich der Wirklichkeit entnommen; Thema seiner Erzählung aber war der schneidende Widerspruch gewesen zwischen der Zeitverfallenheit der von einem Modegeschäft zum anderen eilenden beiden Frauen und den beiden Männern, die fast zweieinhalb Jahrtausende auf dem Meeresgrund geruht hatten, und nun, durch Zufall geborgen, unserer Zeit eben deshalb etwas zu sagen vermochten, weil sie es nicht sagten, sondern darstellten.

Natürlich hatte Marquardt nichts unversucht gelassen, falsche Spuren auszulegen, beziehungsweise die richtigen zu verwischen. So hatte er aus seiner ausgesprochen schlanken, mittelgroßen Frau eine ausgesprochen starke, übergroße Person gemacht, auch die Freundin hatte er in Aussehen und Alter verändert, vor allem aber hatte er sich bemüht, gänzlich abweichende Namen zu wählen – aber all diese Finten konnten doch höchstens Fremde oder entfernte Bekannte von der richtigen Spur abbringen, engere Freunde des Ehepaares würden sie unschwer durchschauen, und daß seine Frau bereits bei den ersten Sätzen Bescheid wissen mußte, stand ganz außer Zweifel.

Statt dessen mehrten sich die Zweifel des Schriftstellers. Die so gänzlich abweichenden Namen – waren sie es denn wirklich? Marquardts Frau, die im Leben Carla hieß, trat in der Geschichte als Anna auf, die Freundin Gisela war unter Marquardts Händen zu Irmela geworden – betroffen stellte er den unübersehbaren Silben- und Vokalgleichklang fest; und für eine Weile versuchte er, auf einem gesonderten Blatt Papier andere Frauennamen aufzulisten, die doch immer nur auf einen zwei- und einen dreisilbigen hinausliefen, auf Helma und Claudia, Vera und Ingeborg, Clara und Griseldis. Nein, das war vertane Zeit, zumal selbst eine geglückte, weniger zwanghaft sich der Realität anschmiegende Namensgebung das Grund- und Hauptproblem des gesamten Textes keineswegs aus der Welt schaffen konnte: seine Durchschaubarkeit.

Marquardt war Künstler genug, dieses Problem als Herausforderung zu begreifen. Er wußte, daß alle große Dichtung sich zwar stets von der kruden Wirklichkeit genährt hatte, aber doch nur, um sie nach allen Regeln der Kunst zu verdauen und in verdichteter Form wieder auszuscheiden. Das, was er sich da eben von der Seele geschrieben hatte, war ja nur die so vordergründige wie vergängliche Schicht dessen, was er mit den beiden Frauen erlebt hatte. Im Kern ging es ja um etwas ganz anderes, um Zeitlichkeit und Zeitlosigkeit, um die Sehnsucht und um den verpaßten, nicht wieder rückrufbaren Moment, im weitesten Sinne also um Leben und Tod; und ein solches Thema war auch in gänzlich anderer Einkleidung denkbar. Entschlossen ging der Schriftsteller daran, die jedem Künstler zugängliche Kleiderkammer der Phantasie zu durchmustern. Er würde es seiner Frau schon zeigen, wozu Erfindergeist und Kunstverstand fähig waren. Sie sollte sich bei der Lektüre des Textes zwar nicht dargestellt, aber doch gestellt, ertappt und zugleich außerstande fühlen, aus der Tatsache, durchschaut zu sein, irgendeine Repressalie ableiten zu können. Nur solange sie schwierig, durfte sie sicher sein, daß kein anderer erfuhr, was sie wußte. Was sie wußten, richtiger gesagt, denn es würde natürlich einen Mitwisser geben, ihn. Händereibend machte sich Marquardt daran, den Text umzuarbeiten.

Das freilich war leichter gedacht als getan. Und selbst beim Denken tat sich der Schriftsteller vorerst schwer. Man könnte ja den Schauplatz verlegen, dachte er, und erwog, zwei Frauen und einen

Mann irgendeine andere Ausstellung besuchen zu lassen, an irgendeinem anderen Ort. Die Etrusker-Ausstellung in Arezzo? Zu nah an Florenz. Die Ägypter-Ausstellung in Hildesheim? Er hatte sie nicht gesehen. Die Frans-Hals-Ausstellung in Amsterdam? Zu lange her, auch wäre da die so sinnfällige Parallele zwischen den beiden zeitbedingten Frauen und den zwei zeitlosen Männern ebenso unter den Tisch gefallen wie jener letzte sehnsüchtige Blick des begleitenden Mannes auf die auferstandenen und für ihn nun wieder so unerbittlich versinkenden Gestalten der Krieger, jene hochsymbolische Situation, die sich ganz einfach nicht auf einen Saal voller Bilder von holländischen Kaufleuten übertragen ließ, die weder jemals untergegangen noch je auferstanden waren.
Marquardt, ein Mann von rascher Auffassungsgabe, merkte bald, daß eine Veränderung des Ortes die Geschichte nicht weiterbrachte. War eine Veränderung der Zeit die Lösung?
In Gedanken steckte er sein Trio in die verschiedensten Kostüme. Er versetzte sie ins England der Mitte des vergangenen Jahrhunderts und ließ sie eine Ausstellung der von Lord Elgin auf der Akropolis zusammengeraubten Elgin-Marbles verpassen. Er durchdachte, wie sich der gleiche Vorgang im Berlin der Jahrhundertwende abgespielt haben könnte, anläßlich einer Ausstellung der in der Türkei zusammengeklaubten Bruchstücke des Pergamon-Altars. Er verwarf alles, kaum daß er diese Möglichkeiten in Erwägung gezogen hatte. Wann eigentlich waren die Elgin-Marbles erstmals in London gezeigt worden? War die Zurschaustellung des Pergamon-Altars überhaupt terminiert gewesen? War der Trumm nicht sogleich in den ständigen Besitz der Berliner Museen übergegangen? Marquardt, ein Schriftsteller, der nicht nur von der normativen, sondern vor allem von der kreativen Kraft des Faktischen überzeugt war, sah verwickelte Recherchen auf sich zukommen,

deren Aufwand das Ergebnis voraussichtlich nicht lohnen würde. Immer noch ging es um zwei flache Frauen, die einen tiefen Mann um den Genuß eines Kunst- und Geisteserlebnisses brachten, immer noch stand zu befürchten, daß Dritte, etwa die Freundin seiner Frau, das zugrunde liegende Muster erkennen und damit Sanktionen heraufbeschwören könnten. So ging es also nicht. Doch noch war Marquardt keineswegs am Ende seines Lateins. Ihm blieb die Möglichkeit, das Personal zu verändern, und zielstrebig machte er sich daran, auch diesen Weg zu beschreiten. Wie wäre es, wenn er die Konstellation einfach umkehrte? Eine Frau will die Ausstellung der beiden Bronzen von Riace besuchen, ihr Mann und dessen Freund schließen sich ihr an, in Florenz aber verzetteln sich die Männer bei Einkäufen – der Schriftsteller stockte. Was sollte er die beiden in Florenz einkaufen lassen? Wie einer gänzlich unangemessenen, sexuell betonten Lesart des Vorgangs entgegenwirken? Zwei modeverfallene Männer hindern eine Frau daran, zwei nackte Männer zu betrachten – das war nun wirklich nicht die Geschichte, die er zu erzählen beabsichtigte. Keine Spur mehr von Zeit und Ewigkeit, kein Gedanke daran, daß sich seine Frau insgeheim ertappt fühlen könnte. Sie war ja nicht dumm. Sie würde diese simple Umkehrung des tatsächlichen Sachverhalts ebenso durchschauen wie die Feigheit, die sie verursacht hatte. Dann aber war er der Dumme. Doch er war weder dumm noch feige, sondern kühn und gerissen. Das würde seine Frau schon früh genug merken. Er und feige. Ha! Er und dumm. Haha! Er war doch Schriftsteller, er hatte ja noch ganz andere Eisen im Feuer. Parabel, Fabel, Märchen – hatten diese so ehrwürdigen wie alterslosen Erzählformen nicht schon immer dann gute Dienste geleistet, wenn es darum gegangen war, einen Tadel vom Zufälligen weg- und zum Wesentlichen hinzulenken, aber doch so, daß der

zufällig Gemeinte erkennen konnte, ja mußte, wie wesentlich seine Verfehlung war? So kam der Schriftsteller Hermann Marquardt auf die Idee zu der Geschichte von den drei Bären.
Zwei Bärinnen und ein Bär, das ungefähr war ihr Inhalt, hatten sich verabredet, am St.-Irmela-Tag den Lorenzberg zu besteigen, um die Sonne im Spinatsee untergehen zu sehen. Daß sie ausgerechnet den St.-Irmela-Tag für dieses Unternehmen gewählt hatten, war kein Zufall, denn nur an diesem einen Tag des Jahres versank die Sonne genau zwischen zwei mächtigen, einander gegenüberstehenden Rotsandsteinfelsen, die der Volksmund aus nicht mehr erklärlichen Gründen »Krüger I« und »Krüger II« getauft hatte. Dieses Naturschauspiel der »brennenden Krüger vom Spinatsee«, wie es ein Dichter einmal genannt hatte, lockte seit alters her jedes Jahr Schaulustige an besagtem Tag auf den Lorenzberg, von welchem aus man den anerkannt prächtigsten Blick auf das gerühmte Spektakel hatte. Die unbewiesene Sage ging, daß der Anblick die Kraft hatte, geheime Wünsche in Erfüllung gehen zu lassen; eine unumstößliche Tatsache aber war, daß der Betrachter sich auf gar keinen Fall verspäten durfte, da die Sonne in diesem Landstrich geradezu schlagartig unterging, See und Felsen also nach unbeschreiblich schönem Aufleuchten in gänzlicher Schwärze versanken – weshalb auch allen Schaulustigen stets geraten wurde, sich für den Rückweg mit Fackeln zu versehen.
Nach dieser etwas sperrigen Exposition schrieb sich die eigentliche Geschichte beinahe von selber: Wie der Bär auf Aufbruch drängte, wie die Bärinnen beim Aufstieg in ein Blaubeerfeld gerieten, wie sie dort beim Schmausen ihre Zeit vertrödelten, ohne auf die ständigen Mahnungen des Bären zu achten, wie alle drei aus diesem Grunde just in dem Moment den Gipfel des Lorenzberges erreichten, in welchem nur noch ein schwaches Rot der unterge-

gangenen Sonne den Horizont des Spinatsees erhellte, während die beiden »Krüger« bereits kaum mehr vom Schwarz des Nachthimmels zu unterscheiden waren, und wie der Heimweg der enttäuschten und verängstigten Bärinnen nur deshalb nicht zu einer Heimsuchung geriet, weil der Bär vorsorglich drei Fackeln eingesteckt hatte, während die Bärinnen die ihren natürlich vergessen hatten. Aus alldem war die Moral der Geschichte leicht ableitbar. Mit der lauthals verkündeten Einsicht in die Verwerflichkeit des Trödelns aber verbanden die beiden Bärinnen noch einen ausdrücklichen Dank an den Bären, dessen Voraussicht ihnen im tödlichen Schwarz der Nacht das lebensspendende Licht gebracht hatte – der Schriftsteller konnte sich ein Lächeln nicht verkneifen, als er dieses von der Wirklichkeit zwar etwas abweichende, die Wahrheit des Vorgefallenen jedoch sinnbildhaft überhöhende Ende hinschrieb.

Ein Lächeln, das anhielt, als er die Seiten – nun waren es vier – noch einmal durchlas. Wie feingesponnen ihm die Anspielungen geglückt waren – Lorenzberg–Florenz, Spinatsee–Riace, Krüger–Krieger –, und wie beredt sie dennoch für seine Frau sein mußten. Wie die parabelhafte Einkleidung das eigentliche Thema zwar abstrahierte, aber doch keineswegs von ihm wegführte, im Gegenteil! Wie sinnfällig und zwanglos sich Unterhaltung und Belehrung verbanden! Marquardt lehnte sich zurück und schaute vom Schreibtisch auf. Nun wartete er geradezu auf die Rückkehr seiner Frau. Sollte sie ruhig mit der Freundin kommen, ihm doch egal, nein: um so besser!

Die beiden Frauen kamen eine halbe Stunde später. Sie fielen nicht geradewegs in sein Arbeitszimmer ein, wie Marquardt zuvor befürchtet hatte und was er nun erhoffte, sie hielten sich erst längere Zeit im Flur und dann im Schlafzimmer auf, vor Spiegeln, vermutete der Schriftsteller, und so war es auch. Schließlich besannen sich die beiden, daß es ja noch einen weiteren Spiegel gab, ihn, fast flog die Tür auf, und dann standen sie im Raum: Wie er denn die Kombination von vorjährigem Wickelrock und brandneuen halbhohen Stiefeletten finde.

Es dauerte etwas, bis Marquardt dazu kam, von seiner Neuschöpfung zu berichten. Die Frage »Und was hast du denn den ganzen Tag so gemacht?« nutzend, nötigte er seiner Frau das vierseitige Manuskript geradezu auf, zwang sie zuerst, es wenigstens anzulesen und gab sodann nicht mehr Ruhe, bis sie endlich damit begann, es vorzulesen. Gespannt beugte sich der Schriftsteller vor. Jetzt kam es.

Es kam anders, als er dachte. Seine Frau las die vier Seiten fast leiernd herunter. Sie unterbrach die Lektüre hin und wieder, erst, um ihrer Freundin leidende Blicke zuzuwerfen, dann, um den Ablauf der Handlung, vor allem aber die Namen der Schauplätze zu kommentieren – »Spinatsee, also, was du immer für Einfälle hast!«, »Seit wann heißen denn Felsen Krüger?« –, und schließlich gab sie ihm die Seiten mit den Worten zurück: »Du und deine dauernden Bären! Schreib doch mal was über Menschen!«

Das war das Stichwort für die Freundin, die bisher keine Miene verzogen hatte, zu erklären, sie habe einen Bärenhunger, wie denn die anderen über einen Sprung zum Italiener dächten.

Schon bei den Worten seiner Frau hatte den Schriftsteller der wilde Wunsch gepackt, ihr die ganze Wahrheit zu offenbaren, beim Reiz- und Schlüsselwort »Italiener« nun war er drauf und dran, brüsk die Schublade seines Schreibtisches aufzuziehen, um vor den Augen beider Frauen das wohlversteckte ursprüngliche Manuskript zu enthüllen, doch eine jähe Einsicht ließ ihn innehalten. Wer wie er über Zeitverfallenheit und Zeitlosigkeit schrieb, verriet der nicht sein Thema, wenn er im Hier und Heute auf kurzfristigen Triumph drang? Durfte nicht gerade er der ausgleichenden Gerechtigkeit der Zeit vertrauen, jener bewährten Verbündeten aller wahren Künstler, ihr, die früher oder später ans Licht heben würde, was er da in den Tiefen seines Schreibtisches verbarg, nicht nur diesen einen, auch all die anderen Texte, für die es im Moment noch zu früh war?

»Kommst du nun mit oder nicht?« fragte seine Frau.

»Also ich brauche jetzt etwas zwischen die Rippen«, sagte die Freundin.

»Bin schon unterwegs«, sagte der Schriftsteller und schloß den Schreibtisch ab.

HERR HEFEL PERSÖNLICH

Herr Herbert Hefel

ist ein Mann,

der nicht viel weiß,

der nicht viel kann,

der nicht viel sucht,

der nicht viel find't,
vergänglich wie ein Blatt im Wind –
Jedoch er liebt
und wird geliebt –:
Wie schön, daß es Herrn Hefel gibt !

DIE GESETZE DES ARNOLD HAU

Hört: was ich euch verkünde:
Was ihr da tut ist Sünde.

Ihr dürft nicht euren Mitmenschen eins ins Kreuz schlagen und dann sagen: »Nicht so gemeint, bitteschön, alles halb so schlimm.«

Ihr sollt nicht nachts auf die Frauen eurer besten Freunde steigen und ausrufen: »Juvivallera! Die Sache macht ja Spaß!«

Geht nicht ans Henkelkörbchen der Witwe, um die besten Sachen herauszuklauen, den Rest aber zu lassen, vielleicht noch mit einem Briefchen: »Wohl bekomms!«

So einer den Waisen Unrecht zufügt, so soll ihm auch Unrecht zugefügt werden.

Wer die Erstgeburt ausrottet, dem soll sie bis in das vierte Glied auch ausgerottet werden.

Ihr sollt nicht den alten Menschen verlachen und sagen: »Seht diesen alten Menschen! So alt und schon so hinfällig! Du machst es auch nicht mehr lange, Opa!«

Wer der Eitelkeit frönt und sich fortwährend im Spiegel betrachtet, der soll vierzig Hiebe bekommen.

Wer seine Notdurft nicht verscharrt, der soll verstoßen sein tausendfach.

So einer dem Weibe beiwohnt, das zur selben Zeit einem anderen Manne beiwohnt, so soll er weder Seiler noch Einzelhändler werden können.

Ihr sollt euren Bruder nicht erschlagen wollen und, wenn es nicht gelingt, sagen: »Pech gehabt! Vielleicht klappt's ein andermal.«

Wer der Witwe beiwohnt in dem ersten Monat der Trauer, der soll zwei Scheffel Weizen erhalten. Wer ihr aber in jedem weiteren Monat beiwohnt, der soll leer ausgehen.

Heuchelt nicht!

Ferner verbiete ich euch, in eures Nachbarn Wald Holz zu schlagen, ohne ihn vorher um Erlaubnis zu fragen.

So einer den Schnabel allzuweit aufreißt, so soll ihm der Älteste sagen: »Reiß den Schnabel nicht allzuweit auf!« Fährt er jedoch fort, den Schnabel allzuweit aufzureißen, so soll man ihn gewähren lassen.

Ihr sollt nicht Schweinereien in den Wald rufen und, wenn es herausschallt, in höhnischem Tonfall sagen: »Hört euch an, wie der Wald schweinigelt!«

Auch untersage ich das Eckenstehen, die Unzucht an Feiertagen und alles, was damit zusammenhängt, das Fangen und Braten von Schnepfen, sowie die widerrechtliche Inbesitznahme festen oder beweglichen Guts zum Zwecke der Weiterverarbeitung, Vernichtung, Verwendung oder Aufwertung. Der Versuch ist strafbar.

So einer seinen Schwestervater mit einem Beil bedroht, so soll man ihm einmal ganz deutlich klarmachen, daß es so nicht geht.

Redet nicht alle durcheinander!

Ferner gebe ich euch ein Wort, das ihr stets im Munde führen sollt. Ihr sollt es ausrufen, wenn ihr euch des Morgens erhebt, wenn ihr euch des Mittags zu Tische setzt, wenn ihr euch des Nachmittags anschickt, ein Nickerchen zu machen, wenn ihr des Abends zum Weibe geht und zu jeder anderen Tageszeit. Und ihr sollt es in Ehren halten, denn ich habe es euch gegeben: Das Wort aber lautet: »Schnüss.«

So ihr diese Gesetze beachtet, so soll es euch gut gehen. Ihr sollt in Seide gekleidet schreiten und die Tiere sollen euch untertan sein, sowie alle Völker westlich von Ratzeburg, die Völker aber, die östlich von Ratzeburg siedeln, sollen euch nicht untertan sein. Das gilt auch für die Völker, die gegen Abend wohnen, für die Völker unter der Mitternachtssonne und die Völker, die sich von Hunden nähren.

So ihr diese Gesetze aber mißachtet, will ich einen Bund zwischen mir und euch stiften. Und das habt zum Zeichen:

Ich will einen gewaltigen Lärm machen, und ihr sollt ihn nicht hören. Das soll gelten für Greise, Greisinnen, Männer, Frauen, Kinder und Kindeskinder, sowie für alles Volk. Dieser Lärm aber soll 1000 Jahre und einen Tag dauern. Danach aber soll er nicht mehr dauern. Und es soll ein ewiger Friede sein.

Arnold Hau

MASKENMENSCHEN

Wir haben alle Masken auf

maskiert gehn wir durchs Leben

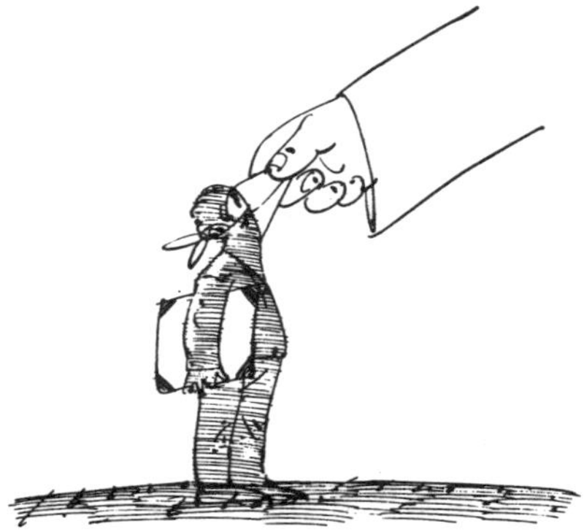

zu wissen, was dahinter steckt

ist einzig Gott gegeben.

SIEBENMAL MEIN KÖRPER

Mein Körper ist ein schutzlos Ding,
wie gut, daß er mich hat.
Ich hülle ihn in Tuch und Garn
und mach ihn täglich satt.

Mein Körper hat es gut bei mir,
ich geb' ihm Brot und Wein.
Er kriegt von beidem nie genug,
und nachher muß er spein.

Mein Körper hält sich nicht an mich,
er tut, was ich nicht darf.
Ich wärme mich an Bild, Wort, Klang,
ihn machen Körper scharf.

Mein Körper macht nur, was er will,
macht Schmutz, Schweiß, Haar und Horn.
Ich wasche und beschneide ihn
von hinten und von vorn.

Mein Körper ist voll Unvernunft,
ist gierig, faul und geil.
Tagtäglich geht er mehr kaputt,
ich mach ihn wieder heil.

Mein Körper kennt nicht Maß noch Dank,
er tut mir manchmal weh.

Ich bring ihn trotzdem übern Berg
und fahr ihn an die See.

Mein Körper ist so unsozial.
Ich rede, er bleibt stumm.
Ich leb ein Leben lang für ihn.
Er bringt mich langsam um.

NOCH EINMAL: MEIN KÖRPER

Mein Körper rät mir:
Ruh dich aus!
Ich sage: Mach ich,
altes Haus!

Denk aber: Ach, der
sieht's ja nicht!
Und schreibe heimlich
dies Gedicht.

Da sagt mein Körper:
Na, na, na!
Mein guter Freund,
was tun wir da?

Ach gar nichts! sag ich
aufgeschreckt,
und denk: Wie hat er
das entdeckt?

Die Frage scheint recht
schlicht zu sein,
doch ihre Schlichtheit
ist nur Schein.

Sie läßt mir seither
keine Ruh:
Wie weiß *mein* Körper
was *ich* tu?

ERMUNTERUNG

Hallo, süße Kleine,
komm mit mir ins Reine!

Hier im Reinen ist es schön,
viel schöner, als im Schmutz zu stehn.

Hier gibt es lauter reine Sachen,
die können wir jetzt schmutzig machen.

Schmutz kann man nicht beschmutzen,
laß uns die Reinheit nutzen,

Sie derart zu verdrecken,
das Bettchen und die Decken,

Die Laken und die Kissen,
daß alle Leute wissen:

Wir haben alles vollgesaut
und sind jetzt Bräutigam und Braut.

LIEBESGEDICHT

Kröten sitzen gern vor Mauern,
wo sie auf die Falter lauern.

Falter sitzen gern an Wänden,
wo sie dann in Kröten enden.

So du, so ich, so wir.
Nur – wer ist welches Tier?

RATSCHLAG

Neun Männer treten bei dir ein,
drei groß, drei mittel und drei klein.

Die großen drei, die schlagen dich,
verspotten dich, verklagen dich.

Die mittleren, die pflegen dich,
umsorgen dich, umhegen dich.

Die kleinen drei verehren dich,
vergöttern dich, begehren dich.

Wirf alle neun aus deinem Haus,
sonst weinst du dir die Augen aus.

IMMER DASSELBE

Wie so oft schon wirft das Tischtuch
äußerst ungestalte Falten,
droht der hitzige Gesprächsfluß
unversehens zu erkalten,
greifen Hände schnell und fahrig,
fast schon zitternd, zur Karaffe,
kippt das Schweigen um in Klage,
wandelt sich das Wort zur Waffe:

Wie so oft schon, wenn vor dritten
zwei an ihrem Einssein litten.

DER ZÄHE

Wo du auch hingehst –
Ich bin schon da.

Wie weit du auch wegläufst –
Ich bin dir nah.

Wo du auch reinfällst –
Ich hol dich raus.

Nenn du mich nur Ratte –
Ich nenn dich Maus.

ECKLOKAL MIT VERLIERER

Verlierer, komm mir nicht zu nah!
Doch der Verlierer denkt nicht dran
Der hebt sein Glas, macht Frauen an
Und ist für diese Fraun nicht da

Wie er auch feixt und Stühle rückt
Die Frauen setzen sich nicht drauf
Er lärmt und lacht und gibt nicht auf
Und weiß schon, daß ihm gar nichts glückt

Da ihm noch niemals was gelang
Da er noch stets der Dumme war
Der, den noch jede Frau, sogar
Die letzte, in die Knie zwang

So wieder jetzt. Was sucht er hier?
Nun ist's nicht ratsam aufzuschaun
Schon irrt sein Blick ab von den Fraun
Schon hat er jemand im Visier

Schon schwallt er was von einem Schwatz
Den müßt er haben dann und wann
So richtig stark, von Mann zu Mann ...
Verlierer, komm. Hier ist noch Platz.

LETZTE FRAGEN

Du bist Hugo Hefrakorn ...
... und du sollst Professor werden.
Jott! Ich heiße Friedel Feist ...

... und ich bau Computer!

Wenn du alles besser weißt, frage nicht mein Guter!

SCHÖN, SCHÖNER, AM SCHÖNSTEN

Schön ist es,
Champagner bis zum Anschlag zu trinken
und dabei den süßen Mädels zuzuwinken:
Das ist schön.

Schöner ist es,
andere Menschen davor zu bewahren,
allzusehr auf weltliche Werte abzufahren:
Das ist schöner.

Noch schöner ist es,
speziell der Jugend aller Rassen
eine Ahnung von geistigen Gütern zukommen zu lassen:
Das ist noch schöner.

Am schönsten ist es,
mit so geretteten süßen Geschöpfen
einige gute Flaschen Schampus zu köpfen:
Das ist am allerschönsten.

NACHDEM ER DURCH METZINGEN GEGANGEN WAR

Dich will ich loben: Häßliches
du hast so was Verläßliches.

Das Schöne schwindet, scheidet, flieht –
fast tut es weh, wenn man es sieht.

Wer Schönes anschaut, spürt die Zeit,
und Zeit meint stets: Bald ist's soweit.

Das Schöne gibt uns Grund zur Trauer.
Das Häßliche erfreut durch Dauer.

NACHDEM ER DURCH ROM GEGANGEN WAR

Arm eng, arm schlecht
Arm grau, arm dicht
Reich weit, reich schön
Reich grün, reich licht.

Arm klein, arm schwach
Reich groß, reich stark
Arm heiß, arm Krach
Reich kühl, reich Park.

Arm Rauch, arm Schmutz,
Arm Müll, arm Schrott
Reich Ruhm, reich Glanz
Reich Kunst, reich Gott.

Weh mir –
mich traf
ein
Pfeil!

Apropos Pfeil –
wissen Sie,
warum der Pfeil
Pfeil
heißt?

Pfeil er
mich
traf!

AUCH EINE ÄSTHETIK

Gefragt, was er eigentlich wolle, sagte er:

Will nicht das Theater erneuern.
Habe dergleichen auch niemals erwogen.
Weiß nämlich gar nichts vom alten Theater.
Kann also gar kein Theater erneuern.

Will nicht die Prosa revolutionieren.
Achte doch sonst auch auf Vorschrift und Regel.
Halte bei Rot und fahre bei Grün an.
Gebe Gas und bremse genauso beim Schreiben.

Will nicht das Gedicht vorwärtsbringen.
Denke immer, es sollte *mir* weiterhelfen.
Frage mich, wo vorn und hinten ist bei Gedichten.
Weiß nur, daß sie Anfang und Ende haben.

Will nicht die Grenzen der Kunst erweitern.
Habe eher Angst, mich in ihr zu verlieren.
Fühlte in kleinerer Kunst mich viel wohler.
Stapf dennoch pfeifend querbeet durch die große.

So macht er sich Mut.

--Ein hervor-ragendes Buch

QUELLENNACHWEISE

»Die Weisheitslehren des Lao-tschi« (S. 8), »Die Gesetze des Arnold Hau« (S. 132) · Aus: *Die Wahrheit über Arnold Hau.* Hrsg. von Robert J. Gernhardt, F. W. Bernstein und F. K. Waechter. Zweitausendeins 1974. © 1974 by R. Gernhardt, F. W. Bernstein, F. K. Waechter. Alle Rechte für diese Ausgabe bei Zweitausendeins. Alle Rechte an den Texten von Robert Gernhardt beim Nachlass.

»Kleine Stilfibel« (S. 28), »Woher kommt eigentlich der Ausdruck ...« (S. 29), »Ende gut, alles gut« (S. 31) · Aus: Robert Gernhardt/F. W. Bernstein, *Hört, hört!* Das WimS-Vorlesebuch. Lizenzausgabe mit freundlicher Genehmigung von Zweitausendeins. Für diese Zusammenstellung und die neu entstandenen Texte und Zeichnungen: Copyright © 1989 by Haffmans Verlag AG Zürich. Neuausgabe Fischer Taschenbuch Verlag, Frankfurt am Main, 1998. Alle Rechte an den Texten von Robert Gernhardt beim Nachlass.

»Das Gleichnis« (S. 11), »Gebet« (S. 12), »Kleines Lied« (S. 13), »Lehrmeisterin Natur« (S. 17), »Bekenntnis« (S. 19) · Aus: Robert Gernhardt/F. W. Bernstein, *Besternte Ernte.* Gedichte aus fünfzehn Jahren. Zweitausendeins 1976. © 1976 by Gernhardt und Bernstein. Neu durchgesehene und verbesserte Auflage. Alle Rechte für diese Ausgabe bei Zweitausendeins. Alle Rechte an den Texten von Robert Gernhardt beim Nachlass.

»Vom lieben Gott, der über die Erde wandelte« (S. 18), »Die Waldfee und der Werbemann« (S. 20), »Vom Kindlein, das ein Hochhaus betrat« (S. 27), »Durch Bella Italia mit der – – Nuckelpinne« (S. 66), »Die Falle« (S. 74) · Aus: Robert Gernhardt, *Die Blusen des Böhmen.* Geschichten, Bilder, Geschichten in Bildern und Bilder aus der Geschichte. Zweitausendeins 1977. © 1977 by Robert Gernhardt. Alle Rechte für diese Ausgabe bei Zweitausendeins. Alle Rechte an den Texten von Robert Gernhardt beim Nachlass.

»Was wäre, wenn« (S. 23), »Paris ojaja« (S. 33), »Paarreime in absteigender Linie« (S. 34), »Ein Vater spricht« (S. 36), »Lilith« (S. 37), »Vater und Sohn I« (S. 38), »Vater und Sohn II« (S. 39), »Deutung eines allegorischen Gemäldes« (S. 40), »Tagesbefehl« (S. 42), »Schneewittchen heute« (S. 43), »Lied der Männer« (S. 44), »Trost im Gedicht« (S. 45), »Umgang mit Tieren aus der Tiefe« (S. 46), »Erinnerung an eine Begegnung in Duderstadt« (S. 47), »Wer von den fünfen bist du?« (S. 48), »Banger Moment« (S. 49), »Setzen, Stellen, Legen u. a.« (S. 50), »Das Ende einer Doppelbegabung – von ihr selbst erzählt« (S. 51), »Dreißigwortegedicht« (S. 52), »Testament« (S. 53) · Aus: Robert Gernhardt, *Wörtersee.* Zweitausendeins 1981. © 1981 by Robert Gernhardt. Alle Rechte für diese Ausgabe bei Zweitausendeins. Alle Rechte an den Texten von Robert Gernhardt beim Nachlass.

»Die Geschichte einer Geschichte« (S. 55) · Aus: Robert Gernhardt, *Ich Ich Ich.* Roman. Erstveröffentlichung Haffmans Verlag AG Zürich 1982. Copyright © 2003 by S. Fischer Verlag GmbH, Frankfurt am Main.

»Der Tag beginnt mit hellem Licht« (S. 88) · Aus: *Mit dir sind wir vier.* 29 Bilder von Almut Gernhardt mit 28 Geschichten von Robert Gernhardt. Ein Insel-Bilderbuch. Erstveröffentlichung Insel Verlag Frankfurt am Main 1976. Copyright © 2008 by S. Fischer Verlag GmbH, Frankfurt am Main.

»Nacht- und Reiselied einer schwebenden Bambusbärin« (S. 84), »Hier ruht Carlo« (S. 86) · Aus: *Ich höre was, was du nicht siehst.* Bilder von Almut Gernhardt mit Geschichten von Robert Gernhardt. Ein Insel-Bilderbuch. Erstveröffentlichung Insel Verlag Frankfurt am Main 1975. Copyright © 2008 by S. Fischer Verlag GmbH, Frankfurt am Main.

»Vertreter-Elend« (S. 14), »Bücher wörtlich genommen« (S. 17, 36, 65, 83, 135, 149), »Aus einem Indianerroman« (S. 30), »Neulich nach Büroschluß« (S. 107), »Der sterbende Narr« (S. 154) · Aus: *Gernhardts Erzählungen.* 120 Bildergeschichten von Robert Gernhardt. Erstveröffentlichung 1983 by Haffmans Verlag AG Zürich. Copyright © 2002 by S. Fischer Verlag GmbH, Frankfurt am Main.

»Geteiltes Land – gemischte Gefühle« (S. 90), »Des Pöbels Kern« (S. 103) · Aus: Robert Gernhardt, *Letzte Ölung.* Ausgesuchte Satiren 1962-1984. Erstveröffentlichung 1984 by Haffmans Verlag AG Zürich. Copyright © 2008 by S. Fischer Verlag GmbH, Frankfurt am Main.

»Affentheater« (S. 15), »Bella Toscana« (S. 54), »Mitte des Lebens« (S. 117), »Herr Hefel persönlich« (S. 130), »Maskenmenschen« (S. 136), »Letzte Fragen« (S. 148) · Aus: *Hier spricht der Dichter.* 120 Bildgedichte von Robert Gernhardt. Erstver-

Die farbigen Bilder auf den Seiten 84, 86 und 88 stammen von Almut Gernhardt.

INHALT

 Gesetzt in der Schrift Minion. Gedruckt auf holzfreies, mattgestrichenes, alterungsbeständiges Papier der Firma Geese, Hamburg, von Druckhaus Nomos, Sinzheim. Gebunden in Fadenheftung von der Buchbinderei Spinner, Ottersweier.
Printed in Germany. ISBN 978-3-458-17553-7